焰の中

JunNosuKe
Yoshiyuki

吉行淳之介

P+D
BOOKS
小学館

目次

藺草（いぐさ）の匂い

昭和十九年の初春に徴兵検査を受けた僕ならびに友人たちは、翌年の春までのほぼ一ヵ年のうちに次々と入営の令状を受取った。

令状を受取る時期は、全く予測できなかった。一時間後に舞い込むかもしれないし、あるいは一ヵ年後まで学生生活を続けられるかもしれない。僕たちの大部分は、令状が届くのが一日でも遅いことを願っていた。

といって、学生生活が楽しかったわけでもない。飲酒退校、喫煙停学、という校則がことごとしく設けられていたし、一挙手一投足が監視され口喧（くちやかま）しく指図されていた。そうなると、一つ一つ僕たちは相手が嵌（は）め込もうとする枠（わく）からはみ出した行動をしたくなってしまう。そして、その結果として不愉快な苛立（いらだ）たしい気分に陥ることになるのだ。そういう気持を、毎日繰返しているのが、僕たちの仲間の学生生活だった。

しかし、それは一つには反抗する余地があるから、そういうことにもなるのである。反抗すれば死刑、という動かぬ規則があれば、事情は余程違ってくる筈だ。なまじ僅かながら自由のようなものが残されているから、かえって煩わしいことになってしまうのだ、と、

「これで、かえってサッパリしたよ」

と入営令状を手にして言う友人も、稀にはあった。一種、自暴自棄の状態ということができよう。

僕に令状が届いたのは、八月中旬だった。九月一日にO市の連隊に入営せよ、という通知である。友人たちの一人も、同じ日に別の連隊に入営することになった。

その友人は僕に生年月日を訊ね、そして言った。

「それじゃ、君の方が三ヵ月だけ早く生れたことになるな。三ヵ月だけトクをしたわけだ」

その言葉には、冗談めかした調子はすこしも混っていない。トクをした筈の三ヵ月間は、僕のそれまでの人生のなかに紛れ込んで、実感として迫ってこないが、友人がそう言う気持はよく分った。

O市へ向って出発する時には、友人たちは駅まで見送ってくれた。僕を乗せた汽車が遠ざかって行けば、それっきり僕と友人たちと会う日は来ない筈なのだ。なにしろ、僕は甲種合格の現役兵[1]として入営するのである。特殊な部隊へ入れられて、危険な戦線へ向けられることは、確実といってよい。

（1）満二十歳になった男子で徴兵検査に合格した者が、平時にあって満二年間入営し軍務に服している間の呼称。単に軍務に服しているからといって誰でも現役兵とはいわない。

友人たちは、惜しみなく別離の情をそそいでくれた。

果して、僕の所属した歩兵部隊は「突部隊」という名称で、数ヵ月の猛訓練ののち現地へ派遣されるという話であった。

「部隊の名称によっても想像できるだろうが、おまえたちは生命は無いものと考えて、国のため天皇陛下のために粉骨砕身して働くように」

というのが、入営当日の訓辞の趣旨なのである。

隊長は、学徒出身の若い少尉であった。日焼けした皮膚は凛々(りり)しい浅黒さなのだが、大きな眼の中に軍人になり切れない風情が仄見(ほのみ)えて、テキパキした感じと物分りのよさそうな感じと二つながら持っていた。僕はその隊長の風貌(ふうぼう)に、なんとなく安堵(あんど)の気分を覚え、そして好感を持った。

隊長に比べて班長の伍長は、唇(くちびる)が薄く瞳(ひとみ)の素早く動く商人風の小男だった。一見して、嫌悪(けんお)の気持が起った。

この班長にいじめられて、隊長にかばわれる、すると一層班長がいじめることになる……、たちまちそんな予感に僕は捉えられた。何といっても、兵隊にとっては班長の方が接触する機会が多いのだから……、と、はやくも僕は、内務班(1)の生活において自分の置かれる位置が甚だ具合の悪いところに定まってしまった気持になった。

(1) 明治二十一年に制定された「軍隊内務書」に基づき設置された中隊内における兵の居住単位組織。すなわち、中隊の兵営内で常に起居をともにする用員で構成された班。班長は通常、軍曹、伍長である。ここで一切のしつけ、訓練が行われた。内務班は軍隊生活の基部であり、これが旧陸軍制度を支えたといいうる。

「班長どのっ、脚絆を取らせていただきますっ」

と叫んで、班長の脚に飛びつく兵隊はどの男だろうか、と僕はあたりを見廻してみる。その男を烈しく嫌悪することになるだろう、と考える。僕自身は、そう叫ばないことは確実だ。班長に対しての好悪はこの際無関係である。そういう姿勢を取ることが、僕にはできないからだ。自尊心が素朴なかたちのまま、保存されていたのである。

その予感は、しだいに現実の事柄によって裏づけられはじめた。一つには、予感が僕自身の行動を知らず知らずのうちに支配している面もあったものとおもわれる。

入営第一日は、身体検査や被服の整理などで過ぎて行く。まず、星の一つも付いていない赤い小さな布を、カーキ色の服の襟に縫いつけなくてはならない。

隊長は部屋の中央に持ち出した椅子に坐って、新兵を一人一人呼び寄せると、身上調査の質問をはじめた。こんな会話が聞えてくる。

「何か運動をやったことがあるか」

「ハイッ、相撲をやりました」

「なにい、おまえは相撲取だったのか」

「いえ違います。学生でありました」

質問に含まれた意地悪な調子と、その質問を冗談として受止めているお世辞わらいのような調子とが喰い違ったので、僕は顔を上げてその方を見た。眼鏡をかけた大きな男の軀（からだ）が、ちょっとしなをつくっているように見えた。僕の入った隊には、学生は三人しかいない。その男と僕とが高校生で、あとの一人が大学生である。

眼鏡の男は、隊長の前へ立つまでは、背骨を反らせ頤（あご）をすこし前へ突き出すような姿勢で新兵たちの群れの中に混っていたのだが、いまはにわかに骨が軟らかくなったようにみえる。班長の脚に飛びついてゲートルを取ろうとする兵隊は、あの男かもしれないな、と僕は感じた。

隊長の質問のうちで、どの相手にも共通したものが一つある。

「おまえ、童貞か」

という質問だ。その言葉を隊長は、あるときは咎（とが）めるような、あるときは揶揄（やゆ）するような、又あるときは脅すような語調で言う。周囲の新兵たちは、その質問を待ち構えていて、くすくす笑ったりざわめいたりする。中には、わざとらしい高い声で笑うものもある。その質問が隊長の気に入っていることは、明瞭だからだ。問われた当人は、真面目な顔をして、みな印で捺したような答えをする。

「ハイッ、そうであります」

僕がその質問を受けたとき、あきらかに隊長は伏眼がちな表情になり声に遠慮している響きが混った。それをどう解釈してよいか戸惑ったが、ともかく一層の好感を僕は相手に抱いた。

「そうであります」

と、答えながら、くすぐったい気分に襲われた。二日前、僕は娼家にいたからである。といって、僕の答えが嘘だったわけでもない。僕は物馴れた態度を装って、傍の女体に触れていった。初めての経験だったが、知識はたくさん持っていた。指は狂いなく動いている筈だった。するとそれまで声を出さなかった女が不意に露骨な催促の言葉を発した。

その言葉を聞くと、僕は長い間おもいあたため、いろいろ想像をめぐらせていたものが、幾重にも包み隠された外皮の下から無造作に取り出されたような気持になった。それは、あまりに無造作で、あまりにあっけない感じだったので、不意に僕は烈しい滑稽感の中に突き落されてしまった。

おもわず笑い出してしまった僕は、つづいて気抜けした気持になった。熱っぽい気分が消えてしまったので、黙って立上ると、洋服を着た。横になったまま、しばらく茫然として僕の動作を眺めていた女は、像の脚に抱きついて、強く歯を当てた。

自転車に乗って宿へ向いながら振り向くと、川岸にある四階建の娼家にはあちこち斑に黄色い灯が点っていた。前方からは、橋の袂にある交番の灯が赤く迫ってきた。

「もしもし、どこに行くのですか」

意外に丁寧な巡査の声が、響いた。

「川のちかくで、酒を呑んで、これから宿へ帰るのです。あさって、入営なのです」

「そうですか。もう遅いから、はやく帰っておやすみなさい」

巡査は、かなり年老いていた。軍隊へ行っている子供がありそうな年配だ。いたわるように夜の街路にひびいた老巡査の声を思い浮べながら、僕は隊長の前から引きさがった。

ふと右手を持ち上げて、視線を当てる。人差指の第二節の表側に、ポツンと米粒ほどのものが出来て膿をもっている。それは、入営の朝になってその場所にできたものだ。

また、隊長の同じ質問の声がきこえてくる。

「童貞か」

「ちがいます」

「なに。ああ、おまえは結婚しているのだな」

現役兵で構成されている小隊なので、新兵たちは皆同じ年齢だ。唯一人、違う答えをしたのは、色の黒いよく肥った男だ。言葉づかいの重たい、落着いた態度の男である。結婚生活の経験者と聞くと、一層落着いて大人っぽく見えてくる。線路工夫をしていたのだそうだ。

兵隊たちの雑談の中心は、この男ともう一人の青い大きな顔をした背の高い男のところに定まった。ローカル線の車掌をしていたというもう一人の男は、親密な口調で工夫をしていた男に話しかけたのだ。

「あんた、結婚しているんだってね。いつしたんだい」

「もう二年になるよ」

「へーえ、それじゃ、もうずいぶん沢山やったわけだな」

「そうさ、オレのはまっ黒だ」

「焼けて黒くなったんだな。オレもおんなじだ」

そう言うと、背の高い男は自分たち二人だけが胸に勲章を飾っているような表情をして、あたりの新兵たちを見廻した。そして、自慢話をはじめるのである。汽車の切符さえ都合してやれば、どんな女でもすぐに言うことをきく、とその男は言う。話に熱中してくると、その男の白眼は、青白く光ってくる。

その男は、しかし、大学生だった兵隊には一目置いている様子だった。大学生だった男は六尺に届く立派な体格で、古武士をおもわせる折目正しい風貌をしていた。同じような体格でも、相撲部にいたという高校生は新兵の服装がよく似合ったが、大学生の方は将校の服装が似合いそうだった。

「あの人は、いい軀をしているなあ」

と車掌をしていた男は言うのである。

「あの人のアレは、きっとデッカイだろうなあ」

と、彼は尊敬をこめて、そう繰返すのだ。

しかし、たしかめる機会のこないうちに、大学生は隊を離れることになった。入営第二日の朝に、彼が海軍予備学生の試験に合格した通知が届いたからである。彼は早速、軍服を脱いで学生服に着替えた。兵舎を出て、自宅へ戻り、海軍へ入るまでの期間ふたたび営門の外へ出ていることができるわけだ。

その大学生の幸運に、僕ははげしい嫉妬(しっと)を覚えた。眼の前が暗くなるほど、その感情ははげしかった。

大学生が帰郷した当日の夜、班長と僕との関係は、はやくも僕の予想どおりの形を取りはじめた。

班長の訓辞のなかに、こういう言葉があった。

「おまえたちが身につけたり使ったりするものは、すべて天皇陛下がくださったものなのだ。であるから、たとえ箸一本といえども紛失した場合には、重営倉と覚悟しておけ、よいか」

その箸を、僕は入営第二日の夕食後、紛失してしまった。風邪をひいた感じで、軀がだるかった。食器を洗いながら、僕は畳の上に大の字に寝そべることを夢想していた。その願望の烈しいため、中空にふわふわ漂っている青い畳が、一瞬幻となって浮びそして消えた。

ふっと我に返ると、眼の前に置いてあった筈の箸が二本とも見えない。一本紛失して重営倉なら、二本では銃殺か。そんな文句が脳裏を掠めた。こういう場合は、素早く他の兵隊の箸を盗み取って、「員数をつけておく」ものだ、と教えられていた。しかし、その方法も、僕には実行できそうもない。仕方がないので、班長の傍に寄って直立不動の姿勢を取った。

「班長どの、自分は箸をなくしました」

班長は横向きの姿勢を崩そうとしない。横顔の表情も、少しも変らない。耳に届かなかったのかとおもい、僕はもう一度同じ言葉を繰返した。反応がない。今度は、聞えないふりをしているということが分ったが、そのまま引きさがるわけにも行かない。僕は意地になって、更に二回繰返した。

「班長どの、自分は箸をなくしました」

ようやく、彼は眼球を動かして、斜めに僕の顔を一瞥(いちべつ)すると、奇妙に優しい調子で、

「さあ、オレは知らないよ」

と言い、すぐに元の方を向いてしまった。僕は絶望的な心持になった。しかし、箸が無くては翌日から食事をすることができぬ。勇気を奮いおこして、隊長のところへ行った。

「隊長どの、自分は箸をなくしました」

意外に簡単に、隊長は新しい箸を僕に渡してくれた。そして、立上ると新兵たちに訓戒を与えた。

「物は紛失しないように、よく注意しなくてはいかん。しかし、もしも紛失した場合には、すぐに報告するのだ。自分だけで、なんとかしようと考えてはいかん。いまの兵のようにちゃんと報告すれば、よいのだ、わかったな」

隊長の言葉を聞きながら、これはオカしい、これはすこし寛大すぎるな、という考えが浮んだ。班長に僕が報告する一部始終を、隊長は自分の席から見ていた筈だから、あるいは、隊長と班長との間に確執があるのかもしれない。今の言葉は、班長にたいしてアテツケをしたものかもしれないな、と僕は考えた。

結局、僕は箸を二本紛失して、かえって隊長から褒(ほ)められた形になってしまった。僕は困惑した心持だった。隊長、班長、僕の関係が、予測した図式どおりになってきたのだ。

前途の多難をおもって、重たい気分だった。そういえば、班長はことある毎に繰返して言うのだ。

「はじめの一週間は、おまえたちはお客さんだからな。お手柔らかにしておいてやる。それから後は、うんと鍛えてやるからな」

第三日の朝、はじめて新兵たちは教練を受けた。

早足行進の演習である。埃っぽい地面を踏みしめて、歩調をとって歩いているうち不意に鼻血が出はじめた。途中で立止るわけにはいかない。立止ったならば、三つや四つ殴られることを覚悟しなくてはならぬ。そればかりでなく、一人の不始末のために班全員が処罰を受けることになる筈だ。軍隊生活に関する予備知識は、僕は豊富に蓄えていた。

立止ることなく、僕は目標の地点まで歩きつづけた。鼻血は唇をよぎって流れ下り、頤の先からしたたり落ちた。軍服を汚すまいとして、すこし前跼みの姿勢になり、頤を突き出すようにして、歩きつづけた。血は乾いた地面にポタポタ落ちた。

軀は一層だるくなった。僕の眼は、中空にふわふわ漂っている青い畳の幻を見詰めつづけた。あの上に、ごろりと軀を横たえたい、とそのことばかりが脳裏から離れないのだ。

昼食の後、医務室からの通知がきた、入営当日の身体検査の結果、精密検査を受ける必要のある者への呼出状である。その通知の中に僕の名前がある道理はない。僕は甲種合格なのだから。班長は名前を読み上げてから、つけ加えて言った。

「そのほか、軀の具合の悪いものは、この際申し出て、診察を受けろ」

こういう場合、うっかり申し出ると、「緊張が足らん」とか「軍人精神を教えてやる」とか言って殴られることがある、と聞かされていた。しかし、覚悟をきめて僕は班長の前に進み出た。疲労感が甚だしいので、短い時間痛い目にあったとしても、診察の結果半日でも休養を命ぜられれば、拾いものだという気持だった。

班長は、じろりと僕を眺めた。眼が黄色く光った。僕は以前から、黄色く光る眼の持主が苦手なのだ。

「なんだ、おまえは」

「ハイ、診察を受けたいのであります」

「なにい、どうしたんだ」

「風邪をひいた、とおもうのであります」

「カゼだと。ふん緊張が足らんから風邪などひくのだ。まあいい、行ってこい」

医務室の軍医も、咎めるような鋭い口調で言った。

「なにしにきた、おまえは」

「気管のあたりが、変なのであります」

「ふん、おまえは学生か」

「ハ」

「どこの学校だ」

「A高であります」

「何年生だ」

「二年です」

「あと半年で、大学へ進むところだったんだな」

会話の途中で、不意に軍医の語調から厳しさが消えた。その変化は、僕が驚くほど、際立っていた。A高に、軍医が個人的因縁を持っているのかもしれぬ、と僕は考えた。

「ともかく診てみよう」

と軍医は気軽な調子で言った。僕はほっとしてシャツを脱いだ。この按配では、一日ほど寝ていることができるかもしれない、と聴診器の先がヒヤリと皮膚に当るのを感じながら、大きな呼吸を繰返した。その度に、気管支でかすかに鳴る音が聞えるようだ。もっと大きな音で鳴れ、と僕は一層深く息を吸い込んだ。

軍医は聴診器を耳から外し、隣の椅子に坐っているもう一人の軍医の方を向いて、低い声で話しかけた。その囁くような声は、僕の耳に届いた。それはまったく思いもかけぬ、夢想さえすることのできなかった内容なのだ。

「これは、気管支ゼンソクですな。隊は『突部隊』ですから、ちょっとムリでしょう。どうしましょう、帰しますか」

喘息という病気の名前は知っていたが、それに関する知識は皆無だった。その病気と僕とは、無関係だとおもっていたからだ。しかし、そのことよりも遙かに衝撃を受けたのは、即日帰郷になるかもしれぬ、ということだ。表情が変りそうになるのを、辛うじて押しとどめた。軍医は、僕の方に向き直って訊ねた。

「おまえは、自分がゼンソクだということを知っていたか」

「知りませんでした」

「呼吸が苦しくなるときには、吸う息が苦しいか、それとも吐く息が苦しいか」

「吸う息です」

すると、軍医はちょっと首を傾げ、ふたたび隣の椅子の軍医の方へ顔を寄せて、相談をはじめた。二人の軍医の囁き交わす声は、今度は僕には聞き取ることができないのだ。

やがて、軍医は僕の眼を覗き込むようにしながら、言った。

「おまえは気管支ゼンソクだからな、帰すことにする。隊へ戻って、命令の出るのを待機しておれ」

　すこしも表情を変えることなく、僕は隊の方へ歩いて行った。しかし、堅い筈の地面を踏む足に、ひどくふわふわしたものを踏みつけている感触が伝わってくるのだ。

　兵舎へ戻ると、軍服を脱いで学生服に着替え、自分の寝る場所の上に正坐した。兵営の外へ出る命令が届くまで、正坐しつづけなくてはならぬのである。

　僕は緊張していた。すこしでも嬉しそうな色があらわれたならば、その命令が取消しになりそうなあやふやな状態に置かれている感じがしていた。

　黙って坐りつづけていると、いろいろの人間が僕に近寄って、話しかけた。

　中年の上等兵は、訓辞を与えるときに似た口調で、なぐさめの言葉を言った。

「そうガッカリするな。お国のために尽す時は、いつでもあるのだからな。早まった気持を起すのではないぞ、よいな、わかったな」

「はい、わかりました」

と、僕は無表情のまま答えた。

　隊長は、「おまえ、即帰になったそうだな」と言い、兵隊たちの方を振向く姿勢になって、大きな声で言葉をつづけた。

「シャバへ帰って暮すのも、また、よからずや、だ」

班長は、探るような視線で僕の顔を撫でまわし、

「おい、甲種で即帰になるのは、一万人に一人なんだぞ」

と言った。僕は、顔の一片の筋肉も一本の筋も動かしてやらないぞ、と気持を固めた。

就寝の時刻になると、正坐を解いて、寝場所に軀を横たえた。何十人もの兵隊が狭い場所に並んで寝るので、軀をななめにして重なり合うようにして横になるのだ。

朝になると、ふたたび僕は正坐をつづけはじめる。

この日の昼頃、見馴れぬ若い兵長が近寄ってきた。この男は、他の上官とはどこか身のこなしが違っていた。傍に腰を下ろすと、僕の耳に口を寄せるようにして囁いた。

「おまえ、即帰だな。どうだ、うれしいだろう」

おもわず僕は心の中で身構えた。表情を変えぬように注意しながら、相手の顔をじっと眺めた。彼は、片眼をすこし細くして、悪戯っぽい笑いを見せると、言った。

「いや、大丈夫だよ。おまえはゾルを嫌いそうな顔をしてるからな」

ゾルという言葉は、ドイツ語のゾルダーテンからきたもので、軍人嫌いの学生たちが侮蔑の気持を籠めて発音したものだ。この言葉を聞くと、急に僕の気持は弛んでしまった。相手を警戒する気持がすっかり消えたわけではないのだが、兵舎の中で軍人の悪口を喋るという状況の面白さが、僕の心を捉えてしまった。それは、ダンディズムに最も近いものであったろう。も

し、相手の兵長が、思想調査の役目を持った軍人であったならば、僕はそのダンディズムと引換えに手痛い目に遭わなければならなかったわけだ。

兵長と僕とは、小声で軍人の悪口をこもごも言い合った。僕たちは、かなり長い時間ひそひそと語り合った。僕の属している隊は戸外で演習をしているので兵舎の中は人気がなかった。彼は、しだいに昂奮してきた。一方、僕はしだいに相手の論旨について行けない点があるのに気づきはじめた。

「いつまでも、ゾルに威張らしておくものか。オレの国は、朝鮮なんだ」

と、兵長は熱のこもった口調でつづけた。

「ゾルをやっつけるには、まずオレの国を独立させなくてはならないんだ。おまえはA高だったな。先輩のヤマモトさんを知っているか」

「いや、知りません」

「A高時代に検挙されたりしたことがあるんだが、知らないかな。しっかりした人だ。その人が、この中隊にいるんだ。オレはいつも話し合っているんだが」

僕は、やっと相手がコミュニストらしいと気がついた。その主義に関しては、僕たちの年代のものは殆ど遮断(しゃだん)されていて、おぼろげな輪郭しか知らなかった。例えば僕は、押し付けられる事柄に、一つ一つ烈しく反撥していたけれど、その反撥する気持を定まった目標へ向って集中し貫き通そうという考えは持っていなかった。どんなにジタバタしたところで、結局は大きな渦の中に巻き込まれて、間もなく死んでしまうのだ、ということが固定観念になっていた。僕の受け答えは、しだいにあいまいになっていった。しかし、彼はそれには最後まで気がつかなかった。

軍医の診断を受けてから、一昼夜経って、やっと命令が届いた。兵営の広い庭を横切りながら衛門へ向って歩いていると、どこからともなく兵長が再び姿をあらわして、僕の耳に囁いた。

「しっかりがんばれよ。ヤマモトさんに伝えておくぞ。しっかりした同志に会ったとな」

兵営の門を通り抜けて、振り向くと、兵長の小さな姿が大きく手を振って別れを告げているのだ。

衛門からＯ市まで約四千メートルの道を、僕は急ぎ足に歩いて行った。このときはじめて、嬉しさが爆発したように、胸の中に渦巻いた。

途方もなく大きな声で、やたらに叫びたい気持だった。僕はあたりに人影のないのを見定めて、

ケ、ケ、ケ、ケッ。

と、わざとはっきり発音して、笑い声とも叫び声ともつかぬ声を出しつづけながら、前のめ

りになって歩いた。

宿に着くと、何よりも先に畳の上におもいきり軀を伸ばして、寝そべった。冷たい感触が頬(ほお)にこころよく、藺草(いぐさ)の匂いが鼻腔をくすぐった。兵舎の中で、手にとどかぬものとして夢想した青い畳の上に、軀を横たえているのだ。とおもうと、緊張がほどけてはげしい疲労が軀のすみずみまで拡がるのを覚えた。

そのまま、僕は動けなくなった。熱をはかると、三十九度の線を水銀柱は越していた。

二日間、僕は眠りつづけた。そして、ようやく平熱になったときには、すでに畳の感触は新鮮なものではなくなってしまっていた。

即日帰郷になった、という報せの手紙を幾通か投函して、僕はO市を離れた。

約千キロメートルの距離を汽車に乗って、僕はもとの都会へ戻った。その僕を、友人たちは笑顔で迎えてくれたが、その表情は僕を見送ってくれたときのものとは余程違っていた。複雑な翳(かげ)が、その笑いの裏に透けて見えてしまうのだ。

友人の一人は、正直に僕に告げた。

「君が即日帰郷になったという手紙を受取ったときは、嫉妬のあまり悶々(もんもん)として、一晩眠れなかったよ」

O市の兵舎で、即日帰郷になった大学生を見送ったときの気持を、僕は思い浮べた。しかし、その感情はすでに薄い膜に遮(さえぎ)られてしまって、実感として迫ってこないのだ。そして、兵営の外の世界のやりきれない暗さが、僕の皮膚をふたたび染めはじめているのに気付くのだ。

湖への旅

N湖への旅を一緒にすることにした友人とは、始発駅の汽車の中で落合う約束だった。はやく着いた方が、相手の座席を取っておくことにしてあった。

友人の方が、後になった。彼は、僕と並んで坐っている老人を見て、戸惑った物問いたげな眼を僕に向けた。彼がそういう眼をするのも、無理はない。老人の灰色の髪の毛は蓬々(ほうほう)としているし、和装の着物も羽織もボロボロで、とくに羽織には齧(かじ)り取ったように大きな穴があちこちに明いていた。竹の色が飴色(あめいろ)になっている尺八を一管、垢(あか)で汚れた指が摑(つか)んでいる。

いわば、乞食(こじき)の風体である。その老人と、高等学校の制服を着た僕とが談笑している様子が、友人の眼に異様に映っているのだ。

「詩人のTさん。死んだ親父の知り合いの方だ」

と、いぶかしげな表情を崩さない友人に、僕は老人を紹介した。Tという名前は奇行の詩人として一部では著名であった。友人もその名を知っていたとみえて、丁寧にお辞儀をして向い側の座席に坐り、老人と僕とをじろじろと見較べた。

奇行の人ではあったが、ボロボロの衣裳は好んで身に纏（まと）っているわけではなかった。金がないためである。昭和十九年の秋のことだ。その年の九月一日に入営した僕は、即日帰郷ということになった。以来、僕は学校を休んでぶらぶらしていたのである。

「Tさんはね。途中のM市まで一緒に行くと言われるのだ」

「わしの昔の友だちの息子から、汽車賃をまき上げてな。へっへっ」

老人は僕の友人の方を向き、黒い欠けた前歯をのぞかせて笑い声を立てた。声だけは、妙に若々しく艶（つや）があった。

友人に老人を紹介するのに、僕は詩人と言ったのだが、詩人とはどういうものかはっきり分っていたわけではない。ただ、老人の挙動を見ていると、いかにも詩人だ、と感じることもあり、また、これが詩人というものか、と首をかしげることもあった。さらに、一つの挙動にたいして、同時に相反する気持を抱いたりした。

老人が僕の家に現われたのは、その年のはじめの寒い日のことだ。玄関で母の名前を連呼する大声が聞えたかとおもうと、次の瞬間には、見知らぬ老人が茶の間の入口に立っていた。掘り炬燵に入って本を読んでいた僕と視線が会うと、彼はするすると炬燵に入りこんでしまった。脇差を差しているような形に帯の間に挿んである尺八の尖が、羽織の大きな穴から首を出していた。彼は、僕の向い側に座を占めると、いきなり訊ねた。

「君が息子か、学生だな。おい君、家庭教師のことを英語で何というか、言ってごらん」

「家庭教師……、えーと、テューターだったかな」

「そうだ、君はなかなか英語がよくできる、感心、感心」

この突然の闖入者の馬鹿げた質問に、僕は反射的に返事をしてしまい、いまいましい気持になった。「あなたは、いったい誰ですか」と詰問しようと身構えたとき、奥の部屋から母が出てきて、挨拶が交わされていた。それで、異様な老人が詩人のTさんだということ、父が死んで以来はじめて何年ぶりに姿を見せたということなどが分ったのだ。

彼は、掘り炬燵に脚をおろして、すっかり坐りこんでしまった。夕食をたべ終ると、背筋がしゃんとなった感じになって、独りではしゃぎはじめた。

「やっぱり、ヴェルレーヌよりは、チャールス・ボードレールのほうが、よほどうわてだな」

そんなことを言って、ボードレールの詩を原語でながながと身振りをまじえて暗誦したりしていたが、不意に沈黙した。そして、上眼づかいに僕の顔を窺うと、両手を頭のうしろに組んだ姿勢をして、下半身は炬燵に入れたままごろりと軀を横に倒した。

狡猾な、卑しい眼の色だった。灰色の蓬髪の中央の部分一帯が薄くなって、代赭色の地肌が見えていた。横倒しにした軀をそのまま翌日まで動かすまいと決心しているような、頑なでまた図太い線が、頸から肩のあたりに現われていた。

その眼の色は、僕を動揺させた。詩人にあるまじき眼だ、と考えた。と同時に、詩人の眼窩に嵌まっていても不思議ではない眼だ、とも思うのだ。芸術作品の背後から作者を引き出してみると、三角形に尖った尻尾が付いていたり、折れ曲った長い耳が生えていたり、なにか世の常でない醜怪な姿が現われてくるようにも考えていたからだ。

ただ、いまの老人の眼は、あまりにありふれた眼であったようにも思えた。そのとき、すでに奥の部屋へ引込んでいた母が、僕を呼んだ。母は老人にたいして、好意的でなかった。死んだ父とも、終りは喧嘩別れになっていた筈なのに、今頃になって、不意に訪ねてきても困るというのだ。

「詩人といったって、あんなに自尊心を無くしてしまっていては、もう駄目ね。ご飯ぐらいご馳走したっていいけれど、あのまま泊り込まれたのでは困るわ。最初が大切よ、はっきりお断わりなさい」

その厭な役目を、僕は果した。すると彼は僕の眼の前に掌をつき出して、

「明日の朝飯の金をくれないか」

僕はポケットから十銭貨幣を二枚出して、その掌の上に黙って載せた。二十銭という金で、ライスカレーの一皿は食うことができる。人に金を与えるという事柄に含まれているものが僕の心をヒヤリとさせ、ひどく僕の態度は無器用にまた無愛想になった。彼は、ふっと眼を上げて僕の顔を見た。

その眼は、良い眼だった。

その良い眼は、彼の掌の上に伸びた僕の指先のためらいから、僕の気持の在り方を察したためかもしれない、などと考えたりしてしまう。

そんな具合だから、老詩人にたいしての僕の判断は、いつまでも揺れ動いていて定まらない。そして彼は、しばしば食事時に姿を現わす。若い女中が、この異様な老人を恐れ嫌って、自分一人の判断で居留守を使ったことがあった。そのとき、影を潜めている筈の老人の自尊心がにわかに現われて、彼は家中ひびきわたる大声で女中を面罵(めんば)し、ずかずかと這入(はい)りこんでしまった。

弱い立場のものにたいして烈しい勢いで現われた老人の自尊心を、僕はうとましく思うのだが、一方、快哉を叫んで老人に味方している気持も僕の中に首をもたげているのだ。

そのような僕の気持を、老人は敏感に察していて、

「ともかく、君がこの家では一番話が分るよ」

などと言う。すると、その瞬間に僕は、老人の窺うような狡猾な眼を思い出して、不快になってしまう。しかし、結局は老人の掌の上に白銅貨を載せてしまう。もともと、僕自身、たくさん小遣銭があるわけではないのだ。

ある日、彼は四角く折り畳んだ新聞紙を片手に持って訪れてきた。

「おい、俺の色紙を買わないか」

新聞紙の中から、見ごとな筆跡で書かれた色紙が出てきた。色紙の文字は、自作の詩なのだそうだ。

「その色紙を買うだけの金はもっていないな。僕にください」

「やるわけにはいかない。買ってくれ」

「だから、買うだけの金はもっていないというのです」

「いくらでもいいから、買ってくれ」

「いくらでもいいというのですか」

僕は老人を重んじているつもりでそう言っていたので、その言葉を聞くと、ポケットから出した五銭の白銅を相手の掌に抑えつけるように置いた。彼はふっと眼を上げて僕の顔を見た。その眼は、良い眼のようだった。彼は黙って立上ると、色紙を残して帰って行った。しかし、三十分ほど経つと、玄関で僕の名を呼ぶ大声が聞えた。老人が戻ってきたのだ。彼はいつになく、しんみりした調子で言った。

「いま帰り道に考えてみたんだが、やはり、五銭では安すぎる。あと、三円ほど払わないか」

「明後日に、旅行に出かけるので、いま金がないのですよ」

「旅行、どこへ行くんだ」

「信州のN湖まで」

「ふん、そんなところへ行って、面白いこともあるまい」

老人は、しばらく佇(たたず)んだまま考えていたが、

「そうだ、俺も一緒に旅行にゆくことにする。途中のM市に知人がいるから、そこに当分泊ることにしよう。どうだ、M市までの汽車賃をよこせ。そうすれば、当分はここへやってこなくなるわけだぞ。そういって、おふくろさんから、はやく貰(もら)ってきてくれ」

「だけど、いま汽車の切符を手に入れるには十二時間も並んで待たなくてはだめですよ」

「かまわん、かまわん。どこで時間を潰(つぶ)すのも、同じことだ」

老人が旅行するということを、僕は信じていなかった。ところが、当日プラットホームを歩いていると、汽車の窓から老人の首が突き出ていて、

「おい、ここだ、ここだ」

と大声がひびいた。老人のいる座席のボックスには誰も坐ろうとしないので、三人分の座席ができ上っていた。

そういう経緯で、友人が車内に姿をみせたときには、僕と老人とが並んですわっていたのである。

「俺の色紙の代が、M市までの汽車賃とは、俺もダメになったもんだ」

と、老人は呟いていたが、にわかに声を高くして、

「君、色紙に書いた詩を覚えているか。あれはなかなか良い詩なんだ。港は暮れてルンペンの、のぼせ上った企みは、藁でしばった乾がれい、犬に食わせて酒を呑み」

歌うように言い終ると、老人は無邪気な表情を覗かせて、

「おい気がついたか、一節の句切りの字と、次の節の最初の字とが尻取り文字になっているんだぞ」

異様な風体の老人が、大きな声で騒いでいるので、車内の視線は僕たちの席に集まってきた。なにもわざわざ人目に立つような振舞をしなくても、と僕は老人にたいして疎ましい気持になるのだ。しかし、好奇心を露骨にあらわした探るような視線を浴びていると、しだいに僕の気持は老人の味方になってゆき、わざわざ胸のポケットから取り出した煙管に煙草の吸殻を詰め、

下唇を突き出して吸ってみたりするのだ。その煙管は、煙草が手に入り難い時代だから、残すところなく吸い切るために、僕がいつも持ち歩いているものである。

集まってくる視線は、好奇心をあらわしているものばかりではない。咎める眼も、混っているのだ。「この非常時に、何という弛緩した振舞であるか」と、その眼は咎めている。老人は、その眼の持主を敏感に探りあてて、斜め向うの席にすわっているカーキ色の国民服を着た四角い顔の男の方を頤でしゃくって、

「君、あの男から一銭もらって見せようか」

と、尺八を唇につけて両手で構えながら、腰を浮かしかけた。僕も友人も、老人を引止めないで、成行きを見守る眼になった。老人は座席から腰を浮かせた姿勢で僕たちの気配を窺っていたが、やがて、ストンと尻を落して、

「やめた、めんどうくさいや」

と言うと、両手でゴシゴシ顔をこすりまわした。

M市まであと一時間ほどの地点を汽車が走っている頃、車掌が通りかかった。車掌は急ぎ足に車内を通り抜けようとしていたのだが、老人の姿が眼につくと立止った。

「切符を見せてもらいます」

横合いから、友人が昂奮した口調で、口を挿んだ。

「この人は、僕たちの連れだ。服装が悪いからといって、一人だけ検札するのは納得できない。切符が見たいのなら、あっちの端から検札してきたまえ」

老人は、その言葉を聞いているうちに、また両手で顔をこすりはじめたが、やがて、

「いやいや、かまわん。切符を見せてあげよう」

と言って、袂を探った。四角になった袂の先の箇所を外側から押して調べたり、懐ろの奥の方まで手を突こんだりしたが、切符は出てこない。最後には、両方の掌でバタバタと自身の軀のあちこちを着物の上から叩きはじめた。午前の光の中に、おびただしい埃が白く舞い上った。

「はてな、どうやら失くしたらしい」

老人は、上眼づかいの狡猾な眼をした。嘘をついているな、と僕は感じた。車掌は疑わしそうな表情のまま、

「ほんとうですか」

「もちろん、俺は嘘はつかん」

「それでは、いくら払って切符を買いましたか」

「うむ、それは、×円×十銭だった」

老人が淀みなく答えたので、車掌はあてが外れた顔になった。僕はおもわず笑い出しそうになるのを我慢した。老人が切符を紛失したというのは嘘であろう。最初から、買わなかったの

だろう。しかし、老人が運賃を正確に知っていることは不思議ではない。色紙をM市までの汽車賃の金額で買うことになったとき、僕は意地になって近所の駅まで老人と同道して運賃を調べ、その代金きっかりの金を手渡したのだから。何気なく切符を求めたときに、支払った金額を精しく覚えていることは稀だろう。むしろ、老人が正確に覚えていたことが、かえって疑わしい事柄なのだが。

ともかく、老人が切符を紛失したことを、車掌はしぶしぶ認めた。そのかわり、老人の連れである僕は、失くした切符の代金をもう一度払わなくてはならなかった。

老人はすっかり上機嫌になって、ときどき揶揄するような眼で僕の方を見た。そして、ますます多弁になった。

「君たちは、なにが面白くて、わざわざN湖まで出掛けてゆくんだろうな。十二時間も並んで切符を手に入れてさ。向うへ着いて二、三日もすれば、また十二時間ほど待って帰りの切符を買わなくてはならぬわけなのだろう」

老人の言葉を聞いて、僕はあらためて考えてみた。今は以前のように、スーツケース一つ提げて、ぶらりと旅に出ることはできない。まず切符を、忍耐強く待つことによって、手に入れなくてはならぬ。そのような時期に、N湖へ旅立つためには、ほとんど情熱といえるものを必要とした。いったい、なにが面白くて……。その情熱は、いったい何に向けられたものなのだろう。

　老人の言葉がつづいた。

「つまり、君たちが思春期だから、そんなことをする気になるんだな。山のあなたの空とおく、さいわい棲むと人のいう。てやつかな」

　友人が、むっとしたように口を挿んだ。

「いや、N湖は前にも行ったことがありますが、山の中の平凡な湖だということはよく分っているのですよ。だけど、こんな時代にはたまには場所を替えてみないと、窒息しそうになりますからね」

「つまり、それが思春期の証拠だね。俺のようになると、もうどこの場所でもいい、其処でずっと眠りつづけていたい気持になるものだよ。なにも君、そんな怒った顔をすることはないさ。思春期すなわち青春そのものだよ。素晴らしいことじゃないか。だが、青春のまん中にいると、とかくそれがどういうものか分らなくなるものだがね」

　二人のやりとりを聞きながら、僕は相変らず考えていた。

「いったい何に向けられた情熱なのか」考えていた、というより、その言葉をただ頭の中で繰返していたのだ。

　やがて汽車はM市に着いた。老人は襤褸に纏われた痩せた後姿をみせて出入口に歩いてゆき、そして車内から消えた。

「ひどい目に遭ってしまったな。どうやら、あの爺さんの言ったことの方が正しいようだよ。だけど、俺は思春期という言葉が嫌いなんだ」

と、友人は顔を歪めて笑いながら言葉をつづけた。

「俺は、旅に出るたびに考えるんだ。汽車の中で、どんな人と隣り合せになるだろうか、とね。ひそかに期待しているわけなんだが、いつも必ず、あつかましい婆さんとか話好きの中年男とかばかりなんだ。今日の爺さんは、とくに念入りだったな」

「ひそかに期待するというところが、つまり思春期の証拠なんだよ」

僕は老人の口まねをして、笑った。

やがて、列車は後押しの機関車を一台連結して、U峠を登りはじめた。トンネルを一つ通り抜ける度に、気温と気圧が下るのを僕の皮膚は敏感に感じ取った。そして、沢山のトンネルのつづいている地帯を過ぎて、広い平原に出た汽車がにわかに速力を増したとき、僕の全身の毛穴から抜け出して大気の中に蒸発していったものがあるように感じた。蒸発したもの、それは、円い頭の煤けた虫の形をしていたようにおもえるのだ。

山間の小駅に降り立ったときには、夕刻だった。夕焼けのない日暮れで、風景は灰白色に近づいており、汽罐車の吹き出す蒸気の白さがあたりの風景によく似合った。

駅前の小広場には、平和だった頃に作られたらしい観光案内地図の板が立っており、ペンキの色がすっかり色褪せていた。N湖までの約一里の道には乗物は何もないので、歩いて行くより方法がない。

間もなく、友人が僕の肩を小突いた。

「おい、あの八百屋の店先にリンゴが積み上げてあるぜ。あれ、ほんとうに売るのだろうか」

都会では、一個の林檎を手に入れることさえ困難な時だ。僕たちは、ぺしゃんこのリュックサックの縫目がはじけそうになるまで緑色の見ごとな果実を詰めこんで、歩きはじめた。負い革は肩に喰い込んだが、僕たちの足は軽かった。林檎をいっぱい手に入れたということで、たわいもなく僕たちははしゃいでいたのだ。

林の中の道が、ゆるやかに曲りながら湖まで続いている。ヒグラシの声が、降るようだった。三十分も歩いたころ、不意に眺望が拓けてN湖の水面が眼下に望まれた。湖は迫ってきた夜の色を映して、燻し銀の色に光っていた。湖畔に、ひどく黄色っぽい光がかたまっている箇所が見えた。そこが、宿屋の在る場所なのだ。

「この時刻のN湖はなかなか良いな。昼間見ると、色褪せてしまうのだが」

と、友人は汽車の中の老人との会話を思い出して、それにこだわっている口調で呟いた。

「だけど、風景を良いな、とおもう気持はほんの一瞬間だけだな。すぐに慣れてしまう。いったい、何が面白くて、か」

と、僕もやはり、先刻の会話にこだわっているのだった。


宿の女中は友人の顔を見覚えていて、心易い口のきき方をした。この田舎風の建物には、襖で仕切られた部屋が並んでいた。二階の隅に一室だけ孤立した部屋があるのを友人は覚えていて、その部屋へ案内してくれ、と女中に頼んだ。両頰の赤い若い女中は、田舎訛を強くひびかせながら、答えた。

「あの部屋は、ふさがっているよ。それに、あんたたちがあそこに泊ろうなんて、生意気だよ。新婚旅行にでもやってきたら、泊めてあげるよ」

「そんな悠長な、先のことを待っていられるか」

友人の声には、いらいらした腹立たしそうな調子が窺われた。彼は、何時入営を命令する通知状が舞い込んでくるか分らない状態に置かれていた。この宿屋の住所は彼の自宅に書き置いてあるので、今夜にでも電報がくるかもしれないのだ。僕の方は、翌年にもう一度、徴兵検査を受け直すことになっていた。

女中に応答する友人の声に、真剣な調子が混ってしまい僕にまで感染してきそうになったので、僕はその調子を変えようとして口を挿んだ。

「その部屋がふさがっているって、それじゃ、新婚旅行にきた人が泊っているの」

「そうじゃないけどさ。K大の学生さんとその妹さんだよ。とっても可愛い妹さんだよ」

女中が部屋から出てゆくと、友人はリュックサックから緑色の林檎を一つ取出して、うっすら覆っている白い埃を掌で押し拭(ぬぐ)うと、

「ちぇッ、とっても可愛い妹さんだよ、か」

といって、丸のままの果実にがりりと歯を当てた。僕も、彼に倣(なら)った。彼はしだいに齧り取られて変形してゆく果実を片手に持ったまま、空いている片手で壁に沿って林檎を一列に並べはじめた。僕は部屋のまん中に寝そべって、それを眺めていた。彼は、一つ一つ壁に押しつけるようにして、丹念に果実を整列させながら、話しかけてきた。

「この前、入営したSね。あいつ、入営する前にとうとう遊廓へ行ったそうだ。他のことは一応気持の整理が付いたけど、童貞のまま死ぬのは、どう考えても不自然だということで、決心したのだそうだ」

「それで、どんな具合だったのかな」

「海の傍の家へ行ったのだそうだがね、女が真紅な長襦袢(ながじゆばん)を着ていたそうだ。その真紅な色が眼の前で大きく拡がったことと、海の鳴る響きしか覚えていない、とまあSは言うわけなんだ

が」

「それはある程度実感だろうが、片眼は眩んでいるにしても、もう一方の眼を開いている筈だよ。あいつは狡いやつだから、そういう言い方をするのだろう。きっと、ひどく醜態なことを仕出かしたにちがいない」

友人は、自分のリュックサックの林檎は全部並べてしまい、僕の分を並べはじめていた。僕は彼に言ってみた。

「どうだ、君もそこへ出掛けてみないか」

「駄目だね、その勇気がないな。俺はニキビの出来る体質じゃないが、もし出来たとしても、ニキビ取り美顔水を薬屋へ買いに行く勇気がないもの」

林檎は、部屋の正面の壁と隣室との襖の下に緑色の線となって連なって、二つのリュックサックは空になった。友人は、部屋の中央に立って眺めながら、叫ぶような声を出した。

「ああ、青春か、青春てやつは、どうしてこう、べたべたしてるんだろうな」

その声は、ひどくなまなましく響いた。その声が消えて、僕たちの部屋に深い沈黙がちょっとの間、ひろがった。戸外では先刻から合唱の声が流れていたが、その歌声が静かになった部屋の中に這入りこんできた。若い男の合唱の声である。

「ずいぶん悲しそうな歌が聞えているとおもっていたが、よく聞いてみると、『予科練の歌』

じゃないか」

「そうなんだ、まったく感傷的なメロディだね。このごろ流行している軍歌の類は、みんなそんな具合だよ。歌っている当人はどう思っているか知らないが。『父よあなたは強かった』とか『ぶんぶん荒鷲』とか、みんなそうだ」

「感傷的でない歌が一つある。俺にはひどく印象が強いのだが、『とんとんとんからりと隣組』というやつだ。あれを聞いていると、空の底がぽっかり抜けてしまってね、真白い光が氾濫しているまん中に、ぽかんとして坐りこんでいるような気分になってしまうな」

僕と友人が、そのような会話をしている間に、戸外の歌声は『さらばラバウル』に替り、また『予科練の歌』に戻った。そして、しだいに調子が高くなり、絶叫する声も混りはじめた。

そのとき不意に、

「うるさい、黙れ」

と喚く声が聞えた。合唱の声は、一瞬跡切れたが、すぐまた湧き上った。

「静かにしろ、うるさいッ」

また喚く声がひびいた。その声は気狂いじみた高い調子で、同じ言葉を幾回も繰返して叫びつづけている。歌声は止んで、ざわざわ話し合っているざわめきが伝わってきた。

僕は友人に合図して、二階の廊下に出た。手すりから乗り出すようにして、戸外の様子を窺った。湖の水は、この宿屋のすぐ下にまで届いている。少し離れた岸辺で、十人ほどの黒い人影が、焚火のまわりを取囲んでいるのが見えた。その人影の中の一つが、やや控え目な調子で言った。

「歌ぐらい、うたったっていいじゃないですか」

「うるさいッ。思索の邪魔だ。俺は考えるために、ここに来ているのだぞ。おまえたちも、もっと沈潜しろ」

そう答えた声は、隣の宿屋の二階の廊下に見える人影から出た。眼鏡のガラスが、白く光った。その声には、自分の言葉と叫び声に陶酔している調子が混っていた。

焚火のまわりの人影が、またざわめいた。近くの土地の中学生らしく、怒鳴っている高校生になんとなく気圧されている気配が窺われた。やがて、そのうちの一人が、勇ましく叫んだ。

「なに言ってやがる。おれたちの仲間が予科練へ入るんで壮行会をやってるんだ。生きては帰れないんだぞ、歌ぐらいうたったっていいじゃないか」

「うるさいッ。生意気言うやつは出てこい」

「なにおッ。そっちこそ降りてこい。袋だたきにしてやるぞ」

二階の声は、一瞬黙った。ややあって、

「バカッ」

と叫ぶと、部屋の中へ人影は引込んだ。手荒く閉めた障子の響きが、僕のところまで響いてきた。合唱の声は、ふたたび湧き上った。

「ちぇッ、思索をしにやってきたんだって言いやがる。十二時間も待って切符を買って、ここまできて考えたら、さぞ深遠な考えが浮ぶだろう、バカなやつだ。どっちもどっちだな、予科練へ行くなんて、バカなやつだ」

と友人が言った。

「それじゃ、オレたちはどうなんだい」

「オレたちは別さ。不景気なことを言うなよ」

と友人は言って、くすりと笑った。部屋へ戻ろうとして、軀の向きを反対側に変えたとき、もう一つの光景が眼に映った。五十メートルほど離れている別の宿屋の二階の障子に、黒い影がくっきり映っている。男の形と女の形がチラチラ動きながら、くっついたり離れたりしている。影は男が二つ、女が二つ、ポータブルの伴奏でダンスをしている恰好だ。

僕と友人は、肩を並べてたたずんだまま、しばらくその影を眺めていた。部屋の閾をまたいだとき、

「ちぇッ、バカなやつらだ」

と友人が、もう一度、にくにくしげに呟いた。

しばらく経って、廊下を歩いてくる数人の足音がきこえた。僕たちの部屋を通りすぎるとき、先頭に立って立派な革鞄を両手に提げた女中が顔をこちらに向けて、

「まあ、たくさんのリンゴね」

と言った。その言葉に釣られるように、憲兵の制服を着た若い男が咎めるような視線をチラリと向けて過ぎて行った。そのすぐ後に、二人の若い娘がつづいた。二人とも美人のように見えた。

彼らは襖で仕切られた隣室に入った。まもなく女中が蒲団を敷く音が聞えてきた。隣室からはほとんど話し声が聞えない。やがてスイッチを捻る音がして、隣室は暗くなってしまった。

「いったい、あの娘たちは何だろうな」

「憲兵のやつ、うまいことをしてやがる」

「女が二人とは、穏やかでない」

僕たちは、ささやき交わした。不意に友人が、しいッ、と唇に指を当て、耳のうしろに両手をあてがった大袈裟な姿勢で、隣室の気配をうかがう仕草をした。

夜の静けさの底から、かすかに呻くような声、衣ずれに似た音、そのようなものが聞えてくる。かとおもうと、すべて空耳のようでもある。耳を澄ませば澄ますほど、はっきりしなくなる。耳の奥にある血管に、自分の血が流れている音のようにもおもえてくる。

「いやだなあ。はやく朝が来ないかなあ」

と、友人が呟いた。そして、僕たちは申し合せたように手を伸ばして、緑色の林檎を摑み取りがりりと歯を当てた。

眼が覚めたときには、日射しがいっぱい部屋の中に差しこんでいた。隣室には、すでに人の気配はなかった。朝飯の膳を運んできた女中に訊ねてみると、一時間ほど前に次の目的地へ出発してしまったとのことだ。

「N湖畔で一泊、とちゃんとスケジュールがきまっているんだな。それにしても、あの三人は、いったいどういう関係なんだろう」

「ともかく、目的がきまっていて動いているわけだよ。僕たちのように、湖へやってきてウロウロしているのとは余程ちがう。さて今日は何をすることにしようか」

僕たちは二階の廊下の端へ出て、手すりにもたれかかって湖を眺めた。風の強い日で、湖の面は立ち騒いでいるこまかい波に覆われていた。波頭が日の光を浴びて一斉に燦(きら)めいていた。

「この風じゃ、ボートも出せないな」

僕たちは並んで、長い間風景と向い合っていた。正面にひろがっている風景とは別に、K大生とその妹が泊っている筈の離れの部屋の障子が、僕の眼の端に映っている。友人も部屋へ戻ろうと言い出さない。

「隣の部屋の憲兵のやつ、きのうは厭な眼つきで睨みやがったな。この前、学校へやってきた憲兵は、便所の落書きを調査して行くし、手がつけられないな」

僕との会話のためにしては必要以上に大きいとおもわれる声で、友人が話しかけてきた。ところが、返事をする僕の声もおもわず大きくなってしまうのだ。

「そうだ。軍人の悪口が書いてあるのを、いちいち丹念に写し取ったのだから、ご苦労なことだよ」

「君、軍国主義の生徒が、生徒課の手さきになってスパイしているという話を知っているか」

「へえ、初耳だね」

「まわりがデタラメなことばかりで、こっちの頭まで散漫になってしまうな。もっとも、散漫になった方が兵隊へ行ってから苦労しないだろうけどね」

最後の言葉を、彼は詠嘆的な口調で言った。僕も対抗して、何か言おうと考えたけれど、適当な文句が見当らなかった。そのとき、視界の隅に映っている離れの部屋の障子の白さが揺れて、赤い色が混った。美人の妹が部屋から出てきたのである。

ためらわずに友人は、その方角に首をまわした。僕もそれに倣って、肩の上につくり付けたようになった首をぎごちなく動かした。会話が跡切れてしまった。階段を踏む足音が、なまなましく響いて階下へ消えた。

友人が、不意に、ぽつりと言った。

「風が強いなあ。こんな日は、栗の実が落ちているだろうな。栗でも拾いに出掛けようか」

「栗拾いだって。急に、子供みたいなことを言い出しやがって」

と、僕が失笑すると彼はムッとした顔になって言った。

「それじゃ、ほかに何かすることがあるのか」

僕は黙って部屋へ戻り、畳の上に寝そべって林檎へ手をのばした。しばらくすると友人も部屋へ這入ってきて、ごろりと傍に寝そべると、林檎を齧りはじめた。僕たちはつづけて三個、齧りつづけた。

咀嚼(そしゃく)する音だけが、しばらくのあいだ部屋の中を占めた。

果実を齧る音が止んだあとの沈黙も、やや気拙(きまず)いものだった。僕がそれを破ろうとした。

「さっき、離れの部屋から出てきた人を、君は見たようだったが、どうだった」

「なんだ、君は見なかったのか」

「見ることは見たんだがね」

「はっきり分らなかったけど、美人だったようだよ」

「そうか、それじゃ……、栗でも拾いに出かけるとしようか」

おもわず、僕たちは顔を見合せて失笑してしまった。

湖に沿ってつづいている散歩道を、僕たちは歩いて行った。二十分ほど歩くと別荘地帯にさしかかり、今まで水と土と草と樹だけだった道の両側に、いろいろの色の瓦屋根が見えはじめた。事務所風の建物の庭に、胴の長い大きな犬が二匹寝そべっていた。一匹は頭を湖の方へ、もう一匹は斜面の方へ向けてじっと動かない。建物の窓を透して、ドイツ人らしい男が机に向って坐っている姿が見えた。

道の左は湖で、右はすぐに急な勾配の斜面になってずっと上まで続いている。

「この斜面を登ってゆく途中に、たしか大きな栗の木があった筈なんだ」

と友人は言った。湖に沿っている道をそれて、僕たちは斜面を登りはじめた。斜面の路のすぐ傍に窓が開いている別荘もあった。夏の季節が過ぎているので、大部分の別荘は無人だった。栗の木はなかなか見付からなかった。あちこちの路を選んで、僕たちは探しつづけた。ずいぶん執拗に探し歩いた。しかし、僕の躯を動かしているものは、すでに栗の木を探したい気持ではなく、躯を動かしていること自体が目的になってしまっていた。

栗の木は見付からなかったが、僕たちは西洋人の少女に出遭った。粗末な身装りをしたその娘は、痩せた山羊の首に結んだ縄を引っぱって路の傍の井戸に水を汲みにきていた。井戸には古い蔦が一面に絡みついていた。

「あの娘は、ロシア人だよ。この前、きたときにも見かけたんだ」

と友人が言った。別荘地帯のつづきに西洋人村がある。季節外れのこの時期に、この界隈を歩いているのは、大部分が外国人なのである。

「あの娘に話しかけてみないか。日本人の娘に話しかけるのより、やり易いだろう」

「そうだな、この辺に栗の木がありませんか、と訊いてみようか」

「栗の木は、もうあきらめることにしよう」

「そんなことを言うのなら、君がやってみろ」

僕は二、三歩、あゆみ寄った。歩き方がぎごちなくなるのが、自分で分った。

「アノウ、ソノ山羊、ズイブン瘦セテイマスネ」

友人が僕の軀を押しのけるように傍へ立つと、

「ばかだな、そんな可哀そうなことを言うやつがあるか」

と僕の耳にささやいて、

「キミ、ろしあノカタデスネ。ボクハアナタノ国ガ大好キデス。どすとえふすきいヤちえーほふガ出タ国デスカラネ」

少女は戸惑った、怯えたような顔をみせて、山羊の縄を強く引張って立去ってしまった。

「君こそばかだよ。あんな小さな娘をつかまえて、ドストエフスキイとは呆れたね。それに、相手は国を追われた白系ロシア人だからな。あなたの国大好きです、といったって、どういう風に感じるのかな」

「君の言うようなことは、後になって気が付くことだよ。君があんまり間抜けなことを言うので、俺がなんとかそれを誤魔化そうとおもったんだ。ここの西洋人村の住人は、いま皆ひどい暮しをしているのだからな」

友人は、不興気に言うと、黙りこんでしまった。しかし、僕たちの脚は相変らず動きつづけているのだ。

斜面をかなり登ったところで、友人は路をそれて一軒の家の庭にためらう気配なく歩み入った。僕は路に残って、彼の様子を眺めていた。彼は、ブラインドの下りた窓の硝子(ガラス)に額(ひたい)をすりつけるようにしてしばらく建物の中を覗きこんでいたが、つづいてその周囲を二回ぐるぐるとまわった。そして、僕の方を手招きした。

彼は台所の戸に覆いかぶさるように背をかがめて、ゴトゴト音をたてていた。やがて騒がしい響きと一しょに戸が動き出して、僕たちの眼の前に、薄暗い矩形(くけい)の穴がぽっかり口を開いた。

「ここで、ちょっと一服して行こうや」

「おい、だいじょうぶか」

薄明るい家の中を透かして見て、僕は不安な声を出した。

「ここは、僕の親戚の家なんだから、かまわない」

N湖畔に彼の親戚の別荘があるということは、少なくともこの旅では聞かなかった。僕は半信半疑の気持で、彼のうしろに従った。洋風の部屋には、外の光はブラインドを透して縞になって洩れ入っているだけだ。円卓の上には、綺麗に掃除された白い灰皿が載っていた。椅子に浅く腰を下ろして、僕たちは煙草に火を点けた。灰と吸殻が、白い灰皿を汚した。

友人は立上って、部屋の中を歩きまわり、棚に並べられた装飾品を眺めたり、薄明りの中で黒く光っているピアノを撫でてみたりしていた。

「おや、このピアノは鍵がかかっていない」

彼はそう言って、蓋を明けた。人差指を握り拳から突き出して、それでキイを軽く叩いた。意外なほど大きな音が飛出して、部屋の中に反響した。僕は、おもわずあたりを見廻した。隣の部屋に通じるドアが開いて、そこから人の顔が突出されそうな気持がしたからだ。ところが、友人も僕と同じ素振りをしているのに気づいた。

「やっぱり、帰ることにしようや」

彼はそう言うと、家を出て、急ぎ足で斜面を降りはじめた。僕は訊ねてみた。

「嘘だったのだろう、知らない家なのだろう」

「嘘じゃない。だけど、じつはあまり仲の良くない親戚なんだ。そこに娘が一人いてね、その娘があのピアノを弾くのだが……。その娘のことを考えると、僕ははやく老人になってしまいたい、とおもうくらいなんだ」

「なんだ、だらしがない。もっとズウズウしく構えて押して行かなくちゃ、どうにもならないよ。女というものは、そういうものだ」

「女を知らないやつに限って、女というものは、なんて言い方をしたがるんだぜ。君の言うことぐらい、俺だって知っているさ。小説を読むと、書いてあるからな。だけど、そういうやり方にふさわしい身振りをすることができないんだ。君だって、同じことじゃないか」

「そうなんだな。やってできないことはないが、そういう身振りは今の僕たちには似合わないことが分っているから困るんだ。まったく嫌な時期だよ」

「だから、はやくこの年齢が過ぎてしまえばいいんだ。ところが、過ぎたころには、どうやらこの世にはいないことになりそうだからな」

　僕たちは斜面を降り切って、別荘地帯を通り抜けようとしていた。さきに眼に留った二匹の大きな胴長の犬は、最前と少しも変らぬ姿勢で、一匹は湖の方へ一匹は山の方へ頭を向けて寝そべっていた。散歩道を宿屋の方角へ歩み戻りながら湖を見渡すと、ボートが二、三艘浮んでいるのが目に留った。気がついてみると、風の勢いはすっかり衰えていた。

「ボートにでも乗ろうか」

「そうだな、宿屋へ帰っても仕方がないしな」

宿屋のすぐ傍にある貸ボート屋で、僕たちはボートに乗り、湖心を目指して漕ぎ出した。オールを握っている友人が、船尾に坐っている僕に報せた。

「おい、美人が見えているぜ」

首をまわしてみると、ちょうど正面に僕たちの宿屋の離れの部屋が見えている。障子が開け放されて見透しになっている部屋の中に、K大生とその妹のほかに学生服を着た男が一人坐っているのが見えた。湖の上まで声は届いてこないが、三人の唇が交互に動いたり、一斉に笑ったりする様子がはっきり眼に映った。

友人はゆっくりオールを動かしていた。室内の三人は、また一斉に大きく笑った。中でも少女は上体を前に折り曲げる恰好になった。笑い崩れる、といった感じだ。不意に、ボートが速力を増した。友人は頰の筋肉を引締めて、力いっぱい漕ぎはじめていた。二人の学生と一人の少女を容れた部屋は、しだいにその大きさを縮めはじめた。ハガキほどの大きさになり、やがて一つの点になった。

湖心に達すると、友人は漕ぐのをやめてボートを水に委(まか)せた。深い湖なので、水の色はむしろ黒に近く見えた。水の拡がりの真中で、僕たちのボートはケシ粒のようになっているのだ、と僕の眼に鳥瞰図(ちょうかんず)が浮び上ってくる。思い出したように、友人が言った。

「死ぬのは平気だよ。仕方がないとあきらめちゃったからな。だけど、痛い死に方は嫌だな。

俺は痛いのがとっても恐いたちなんだ。ところがKは意見が違う、Kの言うにはね、どうせ一度しか死なないんだから、その具合をゆっくり眺められる死に方がしたいというんだ。君は、どっちがいい」

「Kは逞(たくま)しいところがあるからな。考え方はKのに賛成だが、実際には俺も痛いのは厭だな。だが、死ぬのは平気だ、とまあ俺も思っているが、案外錯覚かもしれないぜ。どうせ間もなく死ななくちゃならないことが分っているようなものだから、俺たちは『死』というやつを一生懸命飼い馴らして、手なずけてしまったわけだ。それで平気のような気分になっているのだが、いざとなったら、どんな気持になるか分ったものじゃないさ」

「汽車の中の爺さんの言い草じゃないが、青春のまん中にいてさ、死ぬことばかり考えなくちゃいけないなんて、ありがたくないこったね」

友人は、ふたたびオールを握って、湖心からさらに向う岸を目指して力いっぱい漕ぎはじめた。軀を烈しく動かすことで、頭の中を空にしようと考えているのだろう。

向う岸の近くまで行き、舳(へさき)をめぐらした。時々漕手を交替して、僕たちは休みなく漕ぎつづけた。出発の地点に近づいたときには、二時間が過ぎていた。K大生とその妹のいる部屋の大きさが、ハガキほどになり額縁ほどになった。

ところが、部屋の中の様子は、先刻とはずいぶん変っていた。一人だった客が、四人に増えているのだ。客は全部、学生服の男である。

「ありゃ、ずいぶん増えちゃったな。浅間しきやからが揃(そろ)っているな」

「毅然(きぜん)としているのは、オレたちだけじゃないか」

そんなことを僕たちは言い合った。ところが宿に戻って階段の途中で離れの部屋から出てきた。K大生とすれ違ったとき、彼は如才ない笑顔を示して話しかけてきた。

「どうです、一緒にトランプでもしませんか。にぎやかに遊びましょうよ」

そう言われると、僕たちはたわいもなく喜ぶ顔になるのを隠そうとして苦労した。

僕たち二人が加わったので、部屋の客は合計六人になった。昨夜、中学生を怒鳴りつけたとおぼしき眼鏡の高校生も混っていた。しばらく雑談がつづけられた。K大生の妹は、清楚な小柄の少女で、湖の風景によく似合う美しさだった。学生たちは、自分を目立たせようとして、それぞれのポーズをつくって発言していた。僕はその様子を滑稽に思うのだが、自分が口をきはじめると知らず知らずのうちに、同じような身構えになってしまっているのに気付くのだ。

K大生は、二週間後に入営することにきまったので、それまでの数日を湖畔で過すことにしたのだそうだ。

「こういう時は親が大事にしてくれましてね、少々勝手なことをしても何も言いませんよ」

「去年、文科系の学生の徴兵猶予の制度が無くなってから、ずっとそんな具合ですね。なにも親からの束縛についてばかりじゃない。いまさら役に立たない知識を少々詰めこんだって無駄だから、気に入った本でも読んでぶらぶらしているよりほかにできることもないし。弁当を持って毎日レヴュー見物をしているやつもいますしね。奇妙な気楽さですね。そのうち兵隊にさせられて、ものを考える暇もないうちに、行き着くところに到着というわけだ。死刑囚が、死刑の直前に何でも好きなものを食べることができるのに似たようなもので、ありがたい気楽さじゃないけれど」

喋りはじめたら止らなくなってしまい、僕は自分が多弁になっていることが気に懸りながら、とうとう終りまでつづけてしまった。電車の中などで、近くに女性がいると、急に声高になって頻繁に横文字の出てくる理屈っぽい会話をお互いの間で取りかわす高校生を、僕はつねづねうとましく思っていたのだが、この場合どうやら僕自身が彼らに似てしまった。

もちろん、このような内容の話を、初対面の人間の前ですることは危険だった。しかし、季節はずれの時期に、山の奥の湖にきてぶらぶらしている学生に、当節流行の思想を持っている者はない筈だ、と僕は見当をつけていた。ところが、反対者があった。昨夜、中学生に向って、自分はこの土地に思索しにきているのだ、と怒鳴った眼鏡の学生である。

「俺は、今の考え方に反対だな。成行きに委せて死を受入れてしまうという精神はよくない。もっと積極的に、人類の幸福のために努力しなくてはいかん」

僕は咄嗟に、この男は共産主義者か、と考えた。この主義からは僕たちは隔離されている形だった。マルサスの人口論を電車の中で読んでいて、刑事に警察まで連れて行かれた学生があったくらいだ。刑事はマルクスと間違えたのである。しかし、それでも僕のクラスに二人ほどこの主義者と噂されている学生がいた。彼らは、自分で自分の軀を傷つけても徴兵を忌避しようとしている、とも噂されていた。僕はこの主義に関して輪郭しか知っていなかったが、漠然と、画一主義というふうに受取っていた。それならば、その主義の時代がきたときには、今の時代とそっくり同じに、外からの手によってユニホームが着せられ、個性を均一化しようとさせられ、公式的な意見を頭から浴びせかけられるようになるだろう、と考えていた。

しかし、眼鏡の学生の反対意見は、やはり別の立場に立ったものだった。

「死ぬことに、積極的な意義を見出そうとしなくてはいけない」

と、この学生は言うのだ。

「戦争で死ぬのに、意義の見出しようがないじゃないか」

ここに至って、残りの学生たちもそれぞれの意見を喋りはじめた。死が既定の事実と考えられていたため、無為に死ぬという考えに耐えられず、その死に意義を見出そうとして思索に耽るという型の学生は沢山いた。学生たちにさかんに読まれた哲学書はその問題に解決を与えようとしているものが大部分だったのである。一座はケンケンゴオゴオの状態になってしまった。

その渦の中から、眼鏡の学生と僕とのやりとりを拾い上げてみる。

「君のように個人主義的なものの考え方をするから、意義が見出せないんだ」

「個人主義で結構だ。自分自身のことがまだ十分摑めていないのだからな、自分に眼を向けることに残っている時間を全部使ってしまっても後悔しないな」

「もっと大乗的な見地に立たなくてはいけない。創造的世界のための捨て石となる覚悟が必要だ」

その口調が厳粛になり、教え訓すようなあるいは暗誦するような調子になってきたので、僕はオヤとおもい相手の眼鏡の奥を覗いて言った。

「まさか、八紘一宇とか、聖戦とか言い出すつもりじゃないだろうな」

そこから先を言うことは、タブウなのだ。壁に耳あり、という諺もある。

哲学青年だとおもっていた相手との会話が、途中でにわかに奇妙な方向に折れ曲って、たちまち行き止りに達してしまったことに、僕は啞然とした。僕の黙ってしまったことを、相手はどう解釈しているのだろうと、僕はもう一度眼鏡の厚いレンズの底を覗いてみた。相手は僕を睨みつけている。その眼の光が、左右不均衡なことに気づいた。片眼が義眼なのじゃなかろうか、という疑いが起った。

座は興醒めてしまった。K大生が笑顔を作って言った。

「さあ、結論が出たところで、にぎやかに騒ぐことにしましょうよ」

その妹が、傍から口を挿んだ。

「トランプをやりましょう。ババ抜きかダウトなら、みんなで遊べるわ」

「そうだ、やろう、やろう」

トランプ遊びをしているうちに、一座に学生らしいやんちゃな気分が生れてきた。ダウト遊びのときには、少女の出す札に、もっとも多くダウトの声が掛った。彼女は、くすくす笑いながら、

「あたしの出す札、かならず誰かがダウトをかけるんだもの。ウソの札なんか出せやしないわ」

笑い声を立てながら抗議する少女の姿態には、あどけなさと成熟しかかった女の媚めかしさとが微妙に混り合っていた。

「この女のところに、学生たちが集まってくるのもムリもないことだ。僕もその一人らしいが」と、僕は心で呟いた。

皆、しだいに陽気になり、ついには躁狂になった。躯を乗り出してダウトと叫び、勢いあまった躯が畳の上に叩きつけられたようになって突んのめる学生もあった。そのようなことが、幾回も繰返されているうち、不意に床が軋るような音をたてた。

「おいおい、床が抜けかかったのじゃないか」

騒ぎが静まった。それまで控え目な態度でいたK大生が、いたずらぽい笑い顔を見せて、音のした畳の上を左手の掌で抑え、その指の節の上を右手の指で叩いて、医者が患者の胸を診察する真似をしてみせた。

一斉に笑い声が起った。少女の兄の機知を讃めているんだぞ、というように殊更高い笑い声を上げるものもあった。

しかし、もっとも沢山笑ったのは、少女だった。彼女は前に折り曲げた上体をK大生の方へもたせかけるようにして、身を揉みながら笑いつづけた。そして、横眼でK大生の方をちらりと眺めた。

その眼の色を見た僕の心に、ふっと疑いの影が通り過ぎた。

「この二人は、本当の兄妹なのだろうか」という疑いなのだ。つづいて、終始控え目なK大生の態度も気がかりになった。「彼は、俺たちを冷静な眼で観察していたのではないかな」

その二つの疑惑は、あまりに不快だったので、僕はそのまま心の中で揉み消してしまった。

夕食の時間はずいぶん過ぎてしまい、あたりは暗くなりかかった。

六人の客は引上げることにした。

「せっかく良い仲間ができたところなのに、明後日は出発しなくちゃなりません。明日は一日中駅に並んで切符を買うわけです。僕は入営令状があるから直ぐ買えるのですが、この子のおつき合いをしてやらなくちゃ」

とK大生が言ったとき、不意に、眼鏡の男が緊張したぎごちない口調で言った。

「ちょうど僕も、あさって帰らなくてはいけない用事があるのです」

部屋へ戻ると、すぐに友人が眼鏡の学生のことを非難した。

「まったく、臆面もないやつだな。おまけに、喋ることはアドケナイのだからやりきれない。それに、あいつの片一方の眼は動かないぜ」

「君も気がついたか。義眼だね。もしかすると、軍人の学校へ入ったのが怪我で廃業して、民間の学生になったのかもしれないと考えていたのだが」

僕は友人に、K大生と少女との関係についての疑惑を話してみようか、とおもったが言葉がうまく口から出て行かないままに止めてしまった。

翌日、K大生と少女は朝から切符を買うために留守になってしまい、僕たちは終日退屈して過した。湖の風景に、僕たちは早くもすっかり馴染んでしまい新鮮さを見失ってしまった。その日は、ほとんど一日中、部屋の中に寝そべって林檎を齧りつづけていた、といってもよいくらいだった。だからといって、急いで都会へ帰る気持にもなれない。

「退屈しのぎに、明日は彼女たちを見送りに駅まで行こうか」

と、友人が提案した。しばらく考えてから僕が賛成すると、友人は、

「リンゴがもう無くなりそうだから、買出しに行かなくちゃならないし、それに、そろそろ切符を買っておいてもいいしな」

と、提案したときのこだわりのない調子とはうらはらに、弁解するようにつけ加えるのだ。


その翌日、僕たちはK大生と少女と一緒に宿屋を出た。

宿屋が点在している地域を離れるまでに、あちこちの曲り角や宿屋の入口から、待ち伏せていたように学生が一人また一人と姿を現わした。

駅へつづいているおよそ一里の道を、K大生と少女とを先頭にして、その後に六人の学生がくっついてぞろぞろ歩いて行った。滑稽さと惨めさとが混り合った気分が、僕の中に忍び込んできた。

「まるで、発情している牡犬が、一匹の牝犬のうしろに幾匹もくっついて、うろうろしているみたいだ」という気持にふと捉われる。しかし、その連想はあまりにも不愉快なものなので、いそいで揉み消してしまう。

すると、今度はその替りに別の考えがやってくる。

「あのK大生と少女とは本当に兄妹なのだろうか」

僕は一行から離れて、別の道へ紛れ込んでしまいたくなる。しかし、そのことも今となっては出来難いことだった。

駅へ着くと、旅仕度を整えた眼鏡の学生はK大生の傍に寄添って、見送られる側に入った。学生のうちの一人が、眼鏡の学生に向って、

「君、終点まで一緒なんだからな、しっかり護衛をたのみますぜ」

と言った。軽い冗談めかした口調で言おうとしたらしいが、ぎごちない調子が混った。すると、不意にその言葉を引取るように、K大生が口を開いた。

「いや、僕たちは、途中でNの親戚のところへ寄って行きますから」

Nとは、この駅から一時間ほどで汽車を降りたところにある市の名だ。彼はそう言ってから、素早く少女と視線を交わし合った。その眼の色をみて、僕の疑惑は決定的になった。眼鏡の学生は黙って突立っていた。彼がどう感じているのか、僕には不明だった。

やがて汽車がきた。五人の学生を残して汽車は去って行った。友人と僕とは、そのまま駅に残って切符を買ってゆくことにした。

切符売場の窓口の前には、もう十五人ほどの人間が並んでいた。小さな田舎の駅なので、一日に割当てられる切符の枚数は三十枚ほどである。

その枚数の中に入るために朝行列に加わって、そのまま待ちつづけると、夕方にやっと窓口

が開いて切符が手に入ることになる。

行列のうしろに並びながら、僕は自分の心の中にだけ収めて置くことができなくなって話しかけた。

「彼女たち、兄妹だと言っていたけど、本当にそうだろうか。いいなずけ同士かなんかじゃないだろうか」

一瞬、友人は頬の筋肉をこわばらせた。

「俺もそうじゃないかと考えていたんだが」

彼は気張った口調でそう言いかけて、不意に素直な調子になると、

「そうだとすると、ますます醜態だったな。俺はじつは、あの長い道をぞろぞろつながって歩いているうちに、まったく厭になってしまっていたんだ」

と、言った。そして、しばらく黙ってから付け加えた。

「そういえば、あのK大生は色が白くて長い顔で、女の子の方は小麦色で丸顔だったし、少しも似たところが無かったな」

友人の声を聞きながら、僕は粗末な待合室の木のベンチに坐っている見知らぬ少女を見詰めていた。その少女は、十四、五歳で、いわば思春期の入口の扉を開けたばかりの地点に立っている年齢だ。可愛らしいと思われる顔の底から、大人の女の美しさが微(かす)かに滲(にじ)み出かかってい

る少女である。

その少女の眼を、じっと僕は見詰めていた。まもなく僕の眼は、強い視線に気づいた少女の眼と出会った。少女の眼はすぐに逸らされて、戸惑った表情が浮び上った。僕はすこしも表情を動かさず、凝視しつづけた。しばらくして、少女はもう一度僕の方へ眼を向けたが、あわててその眼を伏せた。怯えがその顔を掠め、その後から薄赤い色が混乱の色と共に頬に浮んだ。

僕は、汽車で去って行った少女に復讐している気持で、待合室の少女を見詰めつづけた。そしてその少女の内部で、薄い膜のようなものがひび割れかかっているにちがいないと思うのだ。

切符を手に入れて、宿屋に着いたときは、夜になっていた。夕食の膳を運んできた女中に、僕は大人の男の口調を真似て、訊ねてみた。

「離れの部屋に泊っていた二人は、あれは本当の兄妹かね。夫婦じゃないのか。君、なにか証拠を見なかったかい」

女中はいつもの高飛車な調子を失って、

「あら、証拠だなんて。知らないよ」と答えた。その頬が染まっていた。

その夜のうちに、離れの部屋は二人連れの若い女でふさがった。そして、翌日になると、オフィス・ガール風のその女たちは僕たちの部屋を覗きこんで、こう言うのだ。

「学生さんたち。ボートに乗せていただけません。あたしたち、二人とも漕げないのよ。せっかくここまで来たのだから、湖へ出てみたいの」

その申し出を断わる理由は、僕たちには無かった。しかし、僕は少しも気が進まないのだ。若い女は二人とも整った容姿をもっているのだが、僕には魅力が感じられないのだ。痩せた方の女は、表情を変える度に、顔の皮膚がまるで筋肉から離れでもしたように波打った。肥った女は、白い肌理(きめ)のこまかい皮膚が張り切っていたが、僕の眼にはその下に詰っているものが人間の肉ではなくてカマボコかなにかのように思えてしまうのだ。

湖心へボートを漕ぎ出しながら、僕は一向に弾んでこない自分の心を眺めていた。

女たちと分れて、部屋へ戻ったとき、僕は友人に訊ねてみた。

「せっかく若い女と一緒にボートに乗ったのに、俺はさっぱり嬉しくなかったのだがな」

「君もそうか、じつは俺もそうなんだ。きっと性が合わないとでも言うのだろうな」

「だけどね、いささか安心した点もあるのだ。髪の毛が長くて白粉(おしろい)の匂いがしている相手だと、ひょっとすると誰をでも好きになってしまうのじゃないか、と僕はこの数日間自分自身を疑ってみたことがあったのだが、そうではなかったことがこれで証明されたわけだからな」

「やれやれ、髪の毛が長くて、こういう具合になっていると、か」

と、友人は両手で空間を撫で下ろすようにしながら、女体の曲線を描いてみせて、笑い声を立てた。その笑顔には、やはりどことなく陰気な響きが混ってしまうのだ。

その翌日、僕たちは湖のほとりの土地を去った。終点まで行くつもりで、僕たちは汽車に乗っていたのだが、途中で気持が変った。K高原の駅の構内に列車が走り込んだとき、申し合せたように、

「ここで、途中下車してみないか」

と言って、座席から立ち上ったのである。不意にそういうことを思いついた理由は、はっきり摑めない。僕たちは、

「気まぐれを起したとき、自分の気持どおりに自分の軀を動かすことができるのは、もうしばらくの間だからな」

「そうだ、せいぜい今のうちに、ジグザグに動いてみることにしよう」

などという会話を交わしたりしたが、そればかりではなく、あの湖へ旅立つときに覚えた情熱に似た感情にあらためて捉えられているのに気がついていた。

しかし、K高原の旅館はなかなか僕たちを泊めてくれようとしないので、見知らぬ土地をあちこち動きまわっているうち、昂揚しかかった気分はしだいに萎えていった。僕たちは高校生特有の服装、すなわち破れかかった帽子に下駄穿きという姿だったので、この瀟洒な土地の風俗に不似合であった。

この土地のはずれのホテルが、ようやく僕たちを受入れてくれた。それまでに、僕たちは二

時間近く歩きまわらなくてはならなかった。

そのホテルは、林の中に山小屋風の小家屋が散在しているスタイルのものだ。白樺の幹の目立つ林の中の道を案内されて、山小屋のうちの一軒に導かれた。

洋風の部屋が二部屋だけの小さな建物に入り、椅子の上に腰を落した僕たちは、顔を見合せて安堵の溜息(ためいき)を洩らした。

「なかなかシャレたいい家じゃないか」

夕食を済ませると、もう何もすることがなくなってしまった。

歩き疲れたからはやく寝てしまおう、ということになって寝室に入ったとき、僕はおもわず立止った。

寝室に、シングル・ベッドが二つ側面を密着させて並べてある。

一つのベッドは明るい緑色の掛けぶとんで覆われており、もう一つのベッドの蒲団はピンク色なのだ。

その光景は、いまいましい気分と滑稽な気分と虚(むな)しい気分とを一斉に僕の心に浮び上らせた。そして、僕と一緒に部屋の中にいる人間が、まぎれもない男性だということが、強く皮膚に迫ってきた。「ともかく、このピンク色のベッドに寝るのだけは、まっぴら御免だ」と僕は緑色のベッドへ近寄ろうとした。

その瞬間、僕の気配を察したのか、友人が及び腰になって緑色のベッドに取付こうとした。僕はあわてて、彼のシャツの背を摑んで後へ引き戻した。

「おまえに、そっちに寝られてたまるものか」

「冗談じゃない。オレこそピンクのベッドなんか真平ごめんだ」

僕たちは真剣な表情になって、争った。僕の軀が、友人の筋骨質の軀に幾度もぶつかった。

「それじゃ、ジャンケンできめよう」

「仕方がない、そうしよう」

「ジャンケン、ポン」

「ジャンケン、ポン」

おもわず腕に力がこもって、開いて差出した掌の五本の指が、バラバラに散らばって大きく隙間（すきま）ができた。

さいわい、僕の勝ちになった。いそいで、僕は獲得した緑色のベッドへ潜りこんだ。友人は不興気な表情を露骨にあらわして、ピンク色のベッドに入っていった。

焔の中

瞼の上があかるくて、耳のまわりで音がざわざわ動いているので、僕は厭々ながら思い切って眼をひらいた。日の光があちらこちら雨戸の隙間から部屋のなかに流れこんでおり、塀の外の往来を人々が尋常な足取りで歩いている跫音がひびいていた。

空気には、朝の匂いがしていた。蒲団の中で軀をのばして、僕はいま覚めた眠りをさかのぼって辿ってみた。すると、障害物に一つもぶつかることなく、前夜の十一時ごろ、すなわち僕が蒲団にもぐりこんだ時刻に行き着いた。

「これはめずらしい」

呟きながら、僕はシャツを着たままの上半身を起した。畳の上に、黒い学生服や、その上に着る草色の教練衣や防空頭巾などが散らばっていた。僕の呟いた言葉のように、めずらしく前夜からこの朝にかけて、空襲がなかったのだ。

いつもは、耳のまわりでざわざわ動いている音のために眼覚めると、その音は警報のサイレンとか塀の外の鋪装道路をあわただしく走る靴の音などであった。あたりは真暗で、ときには月の光や閃光弾（せんこうだん）の輝きが雨戸の隙間から洩れていることもあった。

太平洋戦争の末期、昭和二十年晩春のことである。そのころ、僕は「いま何をもっとも欲するか」と、自分の心に問うてみることがあった。そこにはいろいろの答えが並んでいるのだが、反射的にうかび上ってくるのは「夜、ふとんに入って、眼が覚めたら、朝だった、という気分を味わってみたい」という答えであった。滅多に手に入らぬ事柄ではあるが、そのような卑近な事柄に心が向うということは、僕の軀がすっかり疲労していることを示していた。と同時にその答えは、戦争のない日々の中に身を置いてみたい、という意味でもあった。

戦争というものは終るものだ、と僕は考えていた。しかし、戦争の終った後の日々の中には、僕はすでに存在していない筈だった。自分が生きて動いていてしかも戦争のない日々。……それはあまりに僕にとって架空すぎるし、またあまりに輝かしすぎてちらと考えただけでも心が痛むので、極力そんな考えから自分の心を遮断してしまおうとしていた。

僕は蒲団からぬけ出て、学生服を着た。小さな部屋の両側にある雨戸を明け放した。その部屋は、家屋から一室だけ飛び出しているので、両側に雨戸があった。

睡眠がとぎれとぎれにならずに迎えた朝はさわやかで、僕は濡縁（ぬれえん）に立って空を見上げた。空は青一色で、ほかの色はなにも無かった。飛行機も一台も飛んでいなかった。しばらく見詰めているうち、空の色と自分との距離の調節が、出来にくくなりはじめた。空の青色が、僕の眼球をまるでボンボンをつつむセロファン紙のようにくるみこんだかとおもうと、にわかに平らに拡がって、かぎりもなく拡がって、遙か彼方それはもう想像を超えた遠くの方へひらひらと飛び去ってしまう。そんな瞬間、自分の軀が地球の外へ釣り出されてしまい、行き着くところのない空間をアルファベットの文字のようなさまざまな形に軀を曲げながら、とめどなく転りはじめる、そんな気違い気分に僕は落ち込んでしまうのであった。

あわてて、僕は空から眼を逸(そ)らした。しかし、爽(さわ)やかな気分はまだ僕のなかに残っているので、大学に講義を聴きに行く支度をはじめた。この日は、気にいっているテキストによる講義があるので、それに出席するつもりであった。

その気持は、朝飯を食べ終ったときに、崩れてしまった。若い女中が作ってくれた朝食の、不可思議な旨(うま)さのためである。

僕が母と一しょに食卓にむかって坐っていると、その若い女中がメリケン粉を焼いたものを浅い皿に載せて運んできた。口に入れると、肉の味が漂った。しばらく肉というものを見たことがなかったので、僕は箸(はし)の先でその食物をほぐしてみた。しかし、うずら豆のようなものが出てきただけで、一片の肉も見当らなかった。

「ふしぎだな、肉の味がしませんか」

僕は母にたずねてみた。母はさっきから口の中で感じている曖昧なものの正体に行き当った表情で、言った。

「うずら豆とメリケン粉とが混ると、こんな味が出るのかしら、ともかく、あの娘はお料理にだけは妙な才能をもっているわね」

僕の母は美容師である。家屋と地つづきに店の建物があったが、一ヵ月ほど以前のある日、たくさんの人夫が来てその店を取り毀してしまった。政府の新しい都市計画の図面上の道路によって、削り取られたためである。父は五年前、放蕩のあげく電話まで抵当に入れたまま、急病で死んでしまっていた。また、母にはもともと商店経営の才能は無かった。母には、髪の形を作り上げるのが愉しみという一種の工匠気質が強かったのである。従って、店の建物が無くなれば、そこで働いていた人々は離散するより方法がなかった。

その際、若い女中が、自分の家へは帰らぬ、と言って動かなかった。四国地方の田舎から東京に憧れて出てきたこの女は、まだその憧れが満たされていないので、この都会を去るわけにゆかぬということらしかった。空襲を避けて、都会の人間がぞくぞくと田舎へ疎開している危険な時期なのだから、その女の憧れる気持は大そうはげしいものであったわけだ。

その満たされぬ憧れを、若い女中はさまざまな形で満たそうとした。長い時間、鏡の前にすわってあらゆる種類の化粧品を顔にぬりつけるのも、その一つである。化粧品は、母の商売の名残りで豊富にあった。若い女中の幅の広い顔には、福笑いの遊戯に使う眼そのままの形の眼がついていた。その細長い眼全体が、その女の気分と化粧品の色を反映して、あるときは黄色く光ったりあるときは赤に青に光るのであった。女中という職業についた人間が果さなくてはならぬ仕事のうち料理を作ることにだけ熱心で、またふしぎな手腕をもっていたが、なにしろ材料が甚だしく欠乏していた時代のことだから、それは無用の才能にちかかった。僕の家との雇傭関係の上からその娘を、「女中」という言葉の枠に入れてみているのだが、実質は厄介な居候にひとしいのである。「あの娘、そろそろ田舎へ帰ってもらうことにしたらどうですか」と僕が言うと、母は「それがねえ、いっそもっと図々しく構えていてくれると言い易いのだけど、ちょっと叱るとおろおろ動きまわってね。唯うろうろするだけで何の役にも立たないのだけど、なんだかその恰好を見ていると可笑しくなってしまって、どうもきっぱりしたことが言えなくなってしまうのです」と答えた。

　肉の味のする奇妙な食物をたべながら、メリケン粉をこね上げてこの食品を作り上げている若い女中の手を僕は思いうかべた。その手は、霜焼けのためではなく、顔の地膚と同じに赤紫色をして、漿液の多そうな厚ぼったい手であった。

　若い女中が気取った風に唇をすぼめて、じっと僕の方を眺めているときの、例の細長い眼の光を、ふと思い出した。

「へんな具合に、このホット・ケーキみたいなものはおいしいですね」

と僕はもう一度、母に言った。

「さっき、ちょっと台所をのぞいてみたらばね、あの娘がメリケン粉をこねたシャモジを、こんな長い舌を出して舐めていたわよ」

母は道化て、眼を大きくして舌をべろりと長く出してみせた。僕は母の様子を見ておもわず吹出したが、やがてあの若い女中の唇から出たであろう赤い長い舌を思い浮べて、厭な気分になってしまった。

これから大学の教室へ行き、巨大な白い鯨が主人公である壮大な物語を読もうとおもっていた気持が、僕のなかで萎えてしまった。

この厭な気持、これは僕が若い女中にたいしてのものというよりも、むしろ僕がもてあましている僕自身の青春にたいしてのものである。青春、というか、思春期といった方が正確か、ともかくそれは僕にとっては、明るく美しいものの要素よりも、陰気でべたべたからまりついてくる触手のいっぱい生えた、恥の多い始末に困る要素がはるかに多いものであった。

肉の味のしたメリケン粉は、いつまでも歯の間でべたべたしていた。僕は洗面所へ行って口をすすぎ、壁にかかっている鏡にむかって歯を剝き出してみた。鏡には、異様なまでに蝕まれた歯列が映っていた。老人の歯である。僕は口を閉じてみる。歯は血の色の濃い若い唇のうしろに隠れて、鏡には少年と青年の境目にある男の顔が映っていた。

母には、一本の虫歯も無かった。僕の歯はあきらかに父側の遺伝を受けついでいた。しかし鏡に映った歯は、それだけではないいろいろの妄想を僕のうちに膨らませていった。ひどく蝕まれた歯は、その歯をつかって咀嚼する必要が間もなくなくなることを示しているようにも思えた。そのことは自分一人についての現象ではない、多くの少年たちに現われている症状だと僕は考えていた。その症状は、歯のように外側に露出している部分に現われていないにしても、従って当人も気づいていない場合が多いにしても、内臓のどこか、あるいは網の目のようにはりめぐらされている神経の糸のどこかに現われているにちがいない。

童貞の少年の口のなかにはめこまれた無機質の義歯のまっ白い歯列、そんな妄想が僕の脳裏にうかんで、僕はそのイメージとともに暗い気分の中に下降していったが、ずいぶん深く沈んだところで奇妙に官能的な気分につき当った。

どうもみんな狂ってきたようだ、と呟きながら僕は部屋へ戻り、久しく会わぬ友人たちの顔を思い浮べた。その友人たちは、学徒の徴兵延期が廃止になったため入営してしまったり、あるいは入営延期が認められる理科系大学へ進んで地方の都市へ移住したりして、僕の身辺には一人もいなくなってしまった。僕自身も、入営を指示する赤色の令状が明日舞いこむかもしれぬ状況に置かれていた。(この年の再検査で、僕はまた甲種合格になっていた)

人懐かしい気分にふと動かされて、僕は机の抽出(ひきだし)から手紙の束を取出してみた。前年、まだ地方の高校の生徒だったとき、長い間学校を休んで東京の家へ帰っていたあいだに、級友から来た音信である。

その束のなかから僕はある友人の封書を選び出した。彼は、召集を受けてこの春のはじめに大陸へ行ってしまった。その手紙を、僕はあらためて読みはじめた。

『学校はますますつまらなくなり、このごろは毎日雨が降るのでますます憂鬱(ゆううつ)だ。だいぶ狂人が増えた。獰猛(どうもう)な月山がこのところおとなしいのはきっと狂っているからだろう。火村は勤労奉仕いらい変になり兇暴になった。教師の水原は頭が狂い、自分で鋸(のこぎり)を持出してテニスコートのネットの棒を切倒し、ピンポンの台を食堂に運んで食卓にしてしまった。米英的なスポーツはいけないということらしい。木田と金井が抗議を申し込みに行ったら、怒鳴りつけられて突きとばされたそうだ。隣のクラスではついに軍国主義が勝利を占め、コンパをやったところ土川や日森などが演説ばかりして何も食わせないで終りになったそうだ。土川と日森はますます狂い、土川たちが「指導者」になるために汽車に乗って国民体操の講習を受けにゆくので、今日の昼休みに日森などで「壮行会」をやったそうだ。そんな具合なので、俺もそろそろ狂いはじめ、毎晩ふらふら歩いて田舎レヴューを見物してまわっている。べつに面白くて行くのではないんだが。そうそう優等生の甲野も変になった。あいつはますます美少年になり、今日も教練の教師に怒られた。皆すこし頭が変だ。なにか突発事件でも起りそうだ。もうすこしあたまが確かになったら、まともな手紙を出す』

昭和二十年の晩春、その手紙のなかに名の出てきた火村も木田も金井も甲野も、僕のまわりにはいなかった。

商店の棚で商品を見付けることは、まったく出来なかった。僕のズボンのポケットの中では、数枚の十円紙幣が冬以来ほとんど減ることなく、しわくちゃになって入っていた。使おうとおもっても、使いようがなかったのである。

つまり、僕の身辺は閑散としていた。もっとも、その欠乏状態には何かしら乾燥したカラリとした感じも含まれていた。自分の生が数歩向うで断ち切られているとあきらめた場合、日常生活の煩わしさのうちの大そう多くの部分を切り捨ててしまうことができる。例えば、他人の僕にたいする悪意も、また善意も負担にならずに通り過ぎてしまう。また例えば、多くの人々が家財を安全な場所に「疎開」さすために、荷造りの材料に関して、困難な輸送に関してこころを砕いていたが、僕の家では全く疎開をしないことにしたので、そのわずらわしさを感じないで済んでいた。

しかし、僕の皮膚にまつわりついて、どうしても乾燥しないじめじめしたものがあった。それは僕自身の青春なのだ。僕は、手紙をもとの抽出にしまった。そのとき塀の外の往来で、きゃーっと叫ぶ声、それはわーっとも聞えたが、驚きと狼狽をそのままあらわした女の声がひびき、ガチャンと金属音がした。

往来のそうぞうしい気配が、しだいに僕の家の門口の方に移動してゆき、母が玄関へ出ていって話し合う声がひびいた。僕も部屋から出てみた。

「あなたはノーマクエンですか。自分の家の女中が、こんなに紅や白粉を塗りつけているのを黙って放っておくなんて」

居丈高な女の声がきこえるので、覗いてみると、町内の婦人会会長をしている中年婦人が、母に向って大きな声を出していた。その婦人は、新しいカーキ色のズボンと上衣を着て、防毒面の入ったカバンと防空頭巾を十文字に肩から掛け、ピカピカ光る大きな留金のついたベルトをしめていた。その姿は、盛装しているように僕の眼に映った。

若い女中はその傍に立って泣きじゃくっていた。モンペ姿だが、真紅な布を頭からかぶって頤のところで結んでいる派手な恰好で、化粧品をやたらに塗りつけた顔の頬や額のところどころが擦り剝けて血が滲んでいた。僕は事の成行きにとまどったが、やがて、自転車を持出して道路で稽古していた若い女中が転倒して泣いているところを、婦人会会長に扶け起されたのだと分った。

母は口を結んで眼の光を強くしたまま、黙って坐っていた。化粧していない黒い顔で、やや中性的ないい顔だ、と罵言を浴びせられている母を気の毒におもう僕の心が裏がえって、そう思った。僕は、黙っている母の替りに、婦人会会長に向って弁明してみた。

「この娘には、僕の家でも困っているのですよ。郷里へ帰そうとしたんですが、どうしても厭だというのです。空襲はひどく怖いのだけど、それ以上に東京に居たいらしいのです。なにしろ物凄く憧れて上京してきたのですからね。そんな娘に、化粧するのをやめろといったって、やめるくらいなら死んでしまうでしょう」

僕たちが、この若い女中にはすっかり悩まされているのだ、ということを相手に伝えようとしたのだが、主人がその使用人を解雇することもできずに苦しめられているという状況を理解できる相手ではないことに、僕は話の途中で気づいた。僕は仕方なく終りまで話をつづけたが、言いおわった瞬間、目のくらむような憤りに捉えられていた。その憤怒が何に向ってのものか、自分でもよく分らなかった。

婦人は、ますます居丈高になって、僕に言った。

「なんですか、あなたは、学生なら、ちゃんと学校へお通いなさい。だいたい、あなたの家は、非協力的ですよ。この前の貴金属供出のときでも、時計の外側を一つ出しただけじゃありませんか。指環の一つもない、といったって誰も本当とは思いませんよ」

僕は、坐った膝の上に置かれた母の指を見た。美容師という職業のために、その指は変形されて、ごつごつ節くれだっていた。髪にウェーヴをつけるための鉄のアイロンを扱うためである。その指と、婦人の言葉とが綯い合わされて、僕のうちの憤りはさらに昂まったが、次の瞬間、その大きな憤怒のかたまりが俄かに消えてしまった。それはまるで、いままで往来を威風堂々と歩いていた大男の姿が、ストンと落し穴におちこんで見えなくなったようで、われながら滑稽だった。

「まったく誰も本当とは思えませんねえ。僕だって本当とは思えない位なんですから、だけど、本当に指環もそのほかの装飾品も何一つないのですよ」

妙に陽気な声が、僕の口から出ていった。

婦人は、眼を血走らせたこわい顔をして、何か叫びながら帰っていってしまった。あるいは、僕の家の床の下に秘密の宝石箱が隠匿してあって、そのなかに指環や首飾りや宝石をちりばめた時計などがザクザクあふれている幻影を見たのかもしれなかった。

しかし、僕の言葉には偽りはなかった。僕の家の唯一の貴金属であった母の時計はそのプラチナの外側を供出されてしまったので、むき出しの機械だけ茶ダンスの抽出に入れられてあった。そして、貴金属にせよそのまがいものにせよ、何一つ母は持っていなかった。それも昔は持っていたが、その後窮乏して金に替えたというのではなく、若い頃からずっと所有したことがないのである。僕はその事実にたいして、いささか戸惑うのだ。僕自身には、趣味としてあるいは気取りとして、自分の部屋には装飾品を置かず、壁には何も掛けず、書物は人目につくところには並べないという傾向がある。しかし母の場合、装飾品を持たぬということは趣味とか気取りとかとは違うらしい。その種の物品にたいする嗜好が完全に欠落しているらしいのだ。それは、肉親の僕の眼からみても、異常に見える。さらに母の職業は美容師である。それは派手な職業とおもわれている。又、おおむねの美容師自身、派手に振舞いたがっている。だから、世間の人のイメージにある美容師が、その指に指環の一つもはめていないということは、許しがたい裏切りなのだ。

このような状況の上に立って、しかも相手を納得させようといろいろに説明を試みたことが、以前から幾度も僕にはあった。しかしそのような場合、弁明すればするほど相手の疑惑はふくれ上ってゆく事実を、いつも僕は思い知らなくてはならなかった。そんなとき、以前は眼の前が黒くなるほどの憤りに僕は捉えられたが、やがて、その憤怒がストンと陥ちこんで奇妙な明るさにとりかこまれてしまうようになってしまったのであった。

「とんだ災難でしたね」

と僕は母に言った。

女中は部屋の隅のうす暗いところにぺったり腰をおとして、眼を赤く光らせていた。緊張した顔をしているのだろうが、細長い眼が幅のひろい顔の上で波形にうねっていて、笑っているように見えた。

「困ったわねえ、この娘の化粧が好もしいものじゃないことは確かなのよ。何とかする方法を見つけられないかしら」

と、母は美容師の技術者の眼つきで若い女中を眺めながら、嘆息した。

「なんとか切符を都合して、無理やりにでも汽車に乗せて親もとへ送り帰してしまいましょうか」

女中のために降りかかってくる災難からまぬがれる具体的な方法について、母と僕とは相談にとりかかろうとした。だが、ふと気がつくと、その若い女中は部屋の隅の鏡台に顔を映して、斑（まだら）になってしまった化粧のうえに粉白粉をはたきつけはじめていた。パタパタパタと、白粉のパフが顔の皮膚にぶつかる音が、へんになまなましい重たい音で鳴りつづいた。僕はいささか度胆を抜かれたが、声を荒くして怒鳴ってみた。

「君、化粧なんかやめないか。いま、君を汽車に乗せて帰してしまう相談をしているところだぞ」

若い女中は、にわかにおろおろしはじめて、

「困りますわ、そんなこと、困りますわ」

と言った。言葉づかいが丁寧なのは、都会の令嬢風を真似しているためである。僕はますま

す腹が立って、

「駄目だ、明日、汽車に乗せる」

という言葉を、できるだけ平板な調子でゆっくり発音した。

「厭です、そんなことをしたら、死んでしまいます」

と若い女中は叫んだ。これは書物によく出てくる痴話喧嘩の科白(せりふ)の調子だ、と僕はおもい、その考えが気に入ってにやりとした。当然、偽善的な表情になったわけだろうが、僕は自分に残された短い時間に、とくに男女関係について出来るだけ沢山のシチュエーションを味わいたいとおもっていた。しかしそれは観念的な形でしか手に入れることが出来なかった。

観念的な形では、僕は男女の生理についても、沢山のことを知っていた。

しかし、僕はまだ、童貞という濡れたシャツを脱ぐことさえ出来ていなかったのだ。そいつは、青春というべたべたしたシャツのなかでも、もっともねばっこく皮膚に貼(は)りついてくるものだった。

あいまいな表情で、僕はしばらく黙っていたらしい。

「厭です。死んでしまいます」

ともう一度、若い女中が叫んだ。そのときサイレンが鳴りはじめた。ながながと継目なく鳴りつづいた。警戒警報のサイレンである。鉄砲百合のような形のラッパが四つ、四方に向いて取付けてあるサイレンの鉄骨塔が、すぐ傍に聳えているので、軀じゅうが音波で幾重にもつつみこまれてしまう気がするほど、大きな音でいつもサイレンは鳴りひびいた。

若い女中は、バネで撥ねられたように立ち上ると、畳の上をうろうろ動きまわった。母が言葉をかけて、注意した。

「まだ警戒警報じゃないの。空襲のサイレンが鳴りはじめたら、あなたの貴重品はちゃんと風呂敷でつつんで、おなかに縛りつけておくのですよ」

若い女中は、さっそく押入れに首をつっこんで、行李をかきまわしはじめた。僕はなんとなくバカバカしい気分になってしまい、自分の部屋へ入って蒲団にもぐりこんだ。

蒲団から首だけ出して、昨夜途中まで読んだ書物のつづきを読みはじめた。その日はどうしたわけか、数行読みすすめるたびに、そこに出てくるちょっとした言葉に躓いて、その言葉に空想や回想が誘い出されてしまう。いっそのこと書物を伏せて空想に身を沈めてしまおうと思うと、今度は書物の内容の方が気にかかりはじめる。そんなことを繰返しているうちに時間が過ぎてゆき、先刻の警報が解除され、また警戒警報のサイレンが響いたりした。その間に、食事をしらせにきた若い女中に、ひるめしは食べない、と返事した記憶がある。

気がつくと、僕の部屋の戸が細目に開いていた。部屋に人間のちかづいてくる気配がなかったので、その戸はまるで機械仕掛で開いたような感じだったが、開いた戸の隙間から若い女中の顔が半分ほど見えた。彼女が歩くときには、いつも大きな猫が歩いてゆくように跫音がしないのである。若い女中は、ひどく緊張した声音で、言った。

「知らない顔の若い娘さんが、訪ねて来ています」

僕にも心当りはなかったが、玄関へ出てみた。そこに立っている、僕と同じ年ごろの娘の顔には見覚えがあった。とくに、焦点のちらばった大きな眼は、その娘と初対面のときのことを僕に鮮やかに思い出させた。

「そこのところを歩いていたら、警戒警報のサイレンでしょう。道を歩いているとき、空襲になったらめんどうくさいから、お宅へ寄ってみたの」

娘は、ちょっと蓮葉（はすは）な調子でそう言った。僕はその娘を自分の部屋へ案内したが、部屋の戸を開けたとき、蒲団が敷いたままであることに気がついた。僕はわざと蒲団をそのままにして置こうと思ったが、やはり畳んで部屋の隅へ積み上げた。押入れのなかへは片付けなかったのである。

その娘とは、数日前の夜、近所の僕の女友達の部屋で、偶然同席することとなった。娘二人は、女学校時代からの親しい友人だそうだ。著名な学者の孫娘である僕の女友達は、母屋から独立して別に出入口のある部屋に住んでいた。その部屋で、訪れてきた娘は、初対面の僕にたいする遠慮をみせずに、自分の恋愛についての相談を友人にはじめた。いや、僕にたいする遠慮を押しつぶすほどの昂奮に、その娘は捉われているように見えた。二人の娘のあいだでは、その話題は以前からしばしば話し合われてきたものらしく、断片的な言葉のやりとりで意味が通じ合っていた。僕がその断片をつづりあわせてみると、その娘は妻子のある男と恋愛しており、そのためにいろいろ複雑な状況にまきこまれている様子だった。話の内容と、その娘の姿態とが相俟って、僕の官能がゆすぶられた。僕はその娘のことを、外国の世紀末小説に出てくる「頽廃的なスゴイ娘」として心の中に描いてみた。

いったんその娘によって官能をゆすぶられてしまうと、その娘から受ける雰囲気は、もう一人の娘つまり僕の女友達と対蹠的なものにおもえてしまい、ますます僕の心の中の娘の像が、その世紀末的な要素を拡大しはじめてしまった。僕の女友達に関して言えば、彼女はなかなかの美人といわれていたし、独立した部屋をもっている彼女と二人きりになる機会もしばしばあったが、話のよく通じる友人という以外のものを僕は感じることが出来なかった。僕は、自分に着せられたシャツのうちのもっとも湿ったやつを押し脱ぐ機会を待ちかまえているくせに、僕の官能はなかなか気難かしいのであった。

そのときの印象によって、僕はむしろ蒲団を敷いたままの狭い部屋へ、その娘を招じ入れてみたい気持であったわけである。

娘は畳の上に坐ると、手にもっていた小さな紙包みを膝に載せて、縛ってある紐の結び目に指をかけた。

「いま、あのひと（娘の恋人のこと）に会ってきたのよ。旅行していたお土産(みやげ)だって、これを呉れたの。何がはいっているか、ちょっと開けてみるわね」

紙包みがひらかれ、中から温泉みやげのような安物の下駄と、趣味のわるい帯締めが出てきた。娘は、下駄の片方を手にもって、二、三度、裏をむけたり表にしたりして眺め、いそいそした調子で言った。

「うれしいわ」

僕はちょっと間誤ついてしまった。僕の脳裏でつくり上げてあったその娘の像は、こういう場合には、もっと違った科白を言う筈だった。僕の脳裏にあるものは、男を喰い殺してゆく型の女なのに、僕の眼の前の女の科白と手にもった小道具からは男に欺(だま)されて不幸になって行きそうな型しか感じられなかったのである。

そのとき、僕たちのまわりの空気は、一斉に音波に変えられてしまった。空襲警報のサイレンが鳴りはじめたのだ。それは、断続して長々とつづいた。

僕は立上って、往来に面した方の硝子(ガラス)戸を開けた。塀にかくれて見えぬ道路で、人の走る足音があわただしく響いた。塀の上にひろがっている明るいよく晴れた空を、僕は眺めていた。

あわてて防空壕へ入るには、僕たちは空襲に慣れすぎていた。塀の上の限られた空を眺めていれば、なにかそこに判断の材料になるものが現われてきそうに思えた。僕の視界に、青一色に貼りついた空は、太陽の光を一ぱいに含んだきり、しばらくはからっぽだった。ところが、一瞬の間に、僕には文字どおり瞬きする間の出来事とおもえたが、その空は一面に細長い小さな金属片で覆われてしまった。まるで、穏やかだった海面がにわかに荒れはじめて、白い波頭をもった三角波にいっせいに覆われたようだった。事実、その瞬間には、僕はその異変を、天然現象の異変のように思いちがえたほどだった。

錯覚から醒めてみると、それは二百機にも余るであろう敵軍の飛行機の大編隊であった。攻撃目標は東京のはずれの工場地帯らしく、はるか遠くの空なので、爆音は極くにぶい音となって伝わってきていた。小さな金属片にみえる飛行機の一つ一つが、日の光にキラキラ燦めいて、その燦めきが一斉に右から左に波立ちながら移動していた。

「とっても綺麗だわ。だけど、いまに、今夜にでも、あんな風に飛行機で一ぱいになってしまった空の真下に、あたしたちは居ることになるかもしれないのね」

と娘が呟くように言った。

その言葉を聞いて僕は、そうだもういくらも時間が残されてはいないんだ、と今更のように思った。僕は傍に立って空を眺めている娘の片方の掌をとって、両手でぐっと握りしめながら娘の横顔を見た。

ところがまたしても、僕の脳裏に出来上っている娘の像を裏切ることが起った。娘の白い頬にさっと血が上って、耳朶の端まで紅潮してしまったのである。その現象は、僕の予想とあまりに隔絶していたので、いま僕が握りしめたのは赤色の液のいっぱい充たされたゴム球で、娘の頬や耳朶の血管がそのゴム球と管でつなげられている装置になっているような気持になったほどであった。

あわてて僕は握っているものを離してみたが、娘の紅潮した顔色はそのままだった。めんどくさいことになるかもしれない、という考えが閃いた。一方、心の片隅では、事態がめんどくさくなるほど暇は残されてはいないと思ったりしている。ともかく、娘のはじらいを示した顔が新しい刺戟となって、僕はうんと大人びた顔をしながら娘の顔をねじまげて、娘の瞳の中をのぞき込んでみた。

それまでは、あきらかに娘は僕を未成熟の少年あつかいにしていた。ところが、娘がはじらいを見せた瞬間から主客転倒してしまった。僕はうんと背のびして大人らしく振舞わなくてはならぬ役割に置かれてしまった。知識の上では、こういう場合の色ごと師めいた振舞い方を、僕はよく知っていた。

僕は娘の細い頸すじを見ながら、かるがるとその軀を抱き上げて畳の上に横たえようとした。ところが実際は、娘の軀はなまなましい重たさで僕の腕に落ちかかってきたため、おもわずよろめいた僕は、そのまま尻もちをついてしまった。僕のすっかり勃起してしまっているものの上に、娘の軀が雪崩れおちてきた。

娘は笑わなかったし、僕も笑える気分ではなかった。僕たちはそれぞれ畳の上に坐って、しばらく黙っていた。僕は自分がきわめて滑稽な一幕を演じたということに、はっきり眼を向けることができず、煙草に火をつけて濛々とけむりを吐いてみた。

そのとき庭に面した障子に、かすかに黒い影が射した気配を僕は感じた。僕は首をまわして明り障子を見詰めていた。淡い影はしだいに濃くなって、やがて障子の腰の高さのところに嵌め込まれている硝子板のところに、ふわりと異様な顔が浮び上った。若い女中の顔である。紅と白粉を塗りつけた顔の、頬と額に、さくらの花の形に切り抜いた絆創膏が貼りつけられて、細長い波形の眼は黄色い色に光っていた。その光は、男女のいる部屋を盗み見するに、いかにもふさわしい色だった。

待ち構えていた僕の視線に、女中の眼はたちまち行き当ってしまった。その顔は拭い去るように消えて、女中が逃げてゆく気配はあったが跫音は例によって聞えなかった。だが間もなく、積み上げてあった空箱に突き当ったらしく、ガラガラと途方もなく騒々しい音がひびいてきた。

僕は女中の盗み見に立腹するよりも、その黄色い眼の光が気に入ってしまっていた。そのような眼で覗かれたため、この部屋のなかで僕は娘とひどく大人びた情事を展開していたような気分になることが出来たからだ。

娘も、もとの驕慢なところのある姿態に戻っていた。彼女は指をのばして僕の手もとの箱から煙草を一本抜きとり、それを短くなるまでゆっくり喫いおわると、

「また遊びにくるわね」

と言って、帰っていった。

整理のつかない心持で、僕が狭い部屋の畳の上をあちこち歩きまわっていると、母が入ってきた。

「檻の中の熊みたいに動きまわっているのね。知らない顔のお嬢さんだったけど、ずいぶん派手なかんじね、なんというのかしら、コケティッシュというのかな」

「そうおもいますか、学者のお嬢さんの友達で、こんど、ひとつモノにしてやろうと思ってるところですよ」

僕は母の年若いときに生れた子供で、姉弟と間違えられることも屢〻だったが、しかしこの種の事柄を話題にしたことはなかった。五年以前に父が死んで、背が高くて目鼻立ちのはっきりした母は若い未亡人というものになったわけだが、艶めかしいところもあるその単語のもつ雰囲気は一向に母の身につかず、むしろ人を寄せつけぬ厳しさが感じられて、僕には気詰りなところもあった。だから、僕の口から出ていった卑俗な言葉に、僕自身、一瞬どぎまぎしてし

まった。しかし、先刻の滑稽の失態を自分の心のなかで抹殺するために、「オレは大へん背徳的な情事にまきこまれかかっているのだ」という考えで頭の中を一ぱいにしたがっている僕は、平気な表情を装って、

「ひとつ、あの女をモノにしてやるつもりなんだ」

と、わざともう一度くりかえして言ってみた。

母は、驚いた表情も、意外な表情も示さなかった。昭和初年に、尖端的な職業といわれた美容術師になり、家庭の外に出て広い範囲の人々とも交際のあった母だから、僕の言った言葉自体に驚く筈はもちろん無かった。また僕自身に関しても、そのような言葉を言っても不思議ではない年齢だと思っているせいかもしれぬ、と僕は思った。

「困ることにならないように、まあ適当にやって頂戴。だけど、いまの若い娘さんて、何ていうか、ちょっとわたしたちには考えられないところがあるわね。わたしたちというより、わたしだけ特別かもしれないけど」

母がなにを言おうとしているのか、僕にはすぐには理解できなかった。

「お父さんがあんなに放蕩したのは、わたしのせいもあるのじゃないか、とこのごろ思うようになったのよ。いまの娘さんて、男の人に甘えるのがみんな上手ね、すこしも恥ずかしがらずに甘えているでしょう。わたしにはそういうことが出来なかった、そういう一種の機能が欠け

ていたかもしれないわね」

　母の口調は、自分の息子にたいするものではなかった。それはむしろ、僕の中に死んだ父の姿を見て、それに訴えている調子だった。父が死んで暫く経ったある日のことを、僕は思い浮べた。僕の部屋へ入ってきた母が、畳の上に正坐して、自分の店の婦人技術者についての報告を僕に向ってするのである。「田中花子が結婚して北海道に行っていたのですが、こんど離婚になって戻ってきたので、また働いてもらおうとおもうけど、どうでしょう」という具合にである。そのころは僕はまったくの少年で、母の店の人事なぞ相談されても何も弁えなかったが、母が僕を父の身代りにして、自分がそのような位置に身を置くことに心の慰めを見出していることは推察することができた。そして、母が美容師になり自分の店をもって働いていることは、すべて父の書いた筋書きどおりに母が動いたのだという話が、事実であることを確認した気持だった。また、地方の都市の旧家の生れである母には、派手に見える外貌の内側に古い気質が潜んでいて、夫との関係においても昔ながらの妻の位置に身を置いた方が坐り心地良くおもえる場合があるらしい、ということをも推察したのであった。

　先刻から、僕は娘との出来事が心に与えた昂りの名残りで、母にたいして高飛車な態度を示しているので、一層、僕のうちに父の面影を認め易かったのかもしれなかった。

「そういう一種の機能が欠けていたのかもしれないわね」という母の言葉から、僕は母が装飾品をまったく所有していないことを、ふと連想した。先刻、母は装飾品にたいする嗜好が欠落している、と僕は考えてみたが、その欠落ということがいまの母の言葉と結びついたこともあったかもしれなかった。そして、この欠落という考えから、妙に性的な連想を僕は抱いてしまった。

「おやじの放蕩には、それが少しは関係があるかもしれませんけど、それが総てではありませんね」

と僕は真剣な気持になってきて、書物から得たセックスの知識を少し喋ってみた。すると、意外なほど、母がその方面の知識に乏しいことを知った。僕はだんだん得意になっていろいろのことを、講義風の口調で喋った。僕の話を聞いていた母が、

「わたし、インポテンツかもしれないわね」

と言ったときには、僕の気分はすっかり高揚していた。母親にむかって性教育を施しているのである、という考えが僕の趣味に適った。このときばかりは、自分の童貞という濡れたシャツさえ、この趣向を一段と引立てる気の利いた装飾品におもえるほどになってきた。

母の真面目な表情を見ながら、僕はちょっと言葉をとどめ、煙草に火をつけた。そして、深くけむりを吸いこんだ。そのとき、また僕は、障子に映るかすかな黒い影を見たのであった。待ち構えていた僕の視線に、ふたたび若い女中の顔が捉えられた。今度の場合も同じように

若い女中は狼狽して、黄色い眼の光を残したまま逃げ去ってしまった。

娘と僕と密閉した部屋の中にいた場合と同じ気分を、その黄色い光はふたたび僕の心に投げかけてしまった。

娘と二人でいたときには、その気分を投げかけられたことが、僕の気持に適ったのだが、今度の場合は反対であった。母親に性教育をほどこしているという考えは、部屋の雰囲気が乾いたまま行われているという気持と結び合って僕の趣味に適っていた。ところが盗み見している若い女中の顔を見た刹那（せつな）から、部屋の空気は湿りを帯びて僕の皮膚に粘りつきはじめてしまった。

「話が横道にそれてしまいましたね」

と呟きながら立上った僕は、障子を開け放った。庭の黒い土に、陽が一ぱいに当っていた。防空壕の入口が、四角い黒い穴を二つその土の上に開いていた。

敷居の上に立って、庭を眺めながら、

「眠たくなるような、素晴らしいお天気ですね」と言ってみた。母も庭の方を眺めて、「叔父さんが作ってくれた防空壕も、いよいよ役に立ちそうね」と言った。

防空壕のある場所は、一週間ほど前までは小さな池で、汚れた水の中で金魚が泳いでいた。地方の都市に住んでいる母の弟が、商用で上京して僕の家に泊ったとき、一日がかりでその池を防空壕に作り直したのである。もっとも、その池は半年ほど前、その叔父が上京してきたとき、やはり一日がかりで泥だらけになって作り上げたものであった。

「叔父さんも、池を作ってくれたり、防空壕に直してくれたり大へんな骨折りですね。だけど、何をおもって、あのとき金魚を入れる池を掘ったのでしょうねえ。池の出来上ったほとんど翌日ぐらいから空襲がはじまったじゃありませんか」

そう言いながら、僕は笑い出した。母も笑いながら、そうそう叔父さんに手紙を書かなくちゃいけない、と言って部屋を出ていった。

防空壕の上に、臘梅（ろうばい）が枝を差しのべていた。黒い土の上に、てんてんと臘梅の落花がちらばっている。花の萼（がく）のような形の小さな花で、僕がこの花をはじめて知ったときは萼の形のところから別に花弁が生えてくるのだろうと考えていた。しかし、花弁は生えてこなかった。その小さな花がそのままの形で土の上に落ち日の光を受けて、釉薬（うわぐすり）をかけたような薄クリーム色に光っていた。

僕は空を見上げた。空はやはり青一色で、雲は一かけらも無く、いっぱい光を含んで拡がっていた。僕は、本当に眠たくなってきた。そのとき、サイレンが継目なく長々と鳴りはじめた。空襲警報解除と警戒警報解除とサイレンの鳴らし方が同じなので、僕にはそのときのサイレンがどちらの信号か分らなかった。さっきの空襲はどうなっていたのだったか、さっきの娘は空襲警報のあいだに帰って行ったのか、そんなことを考えていると僕は、一層眠たくなってしまった。

蒲団のなかで眼を覚ますと、あたりはすっかり夜になっていた。夕飯を食べると、また眠たくなってきた。どうして、こんなに眠たいのか、明瞭ではなかった。僕の軀のなかにいっぱい生えて外界に向って延びている触手が、一斉にちぢこまって、内側にまくれこんでしまった。内側には、眠たそうなクリーム色をしたものがどろりと澱んでいて、たくさんの触手がそのどろりとしたものを抱きかかえる形に、縮んでしまっている。そんな空想を眠たい頭でかんがえているうち、また眠りに入ってしまった。

ふたたび目覚めたときには、あたりは真暗だった。僕の軀をゆすぶっている手があった。母の声が、耳もとで聞えた。

「空襲のサイレンが鳴ったのよ、起きなさい」

小学生のころ、毎朝僕は起されたものだ。時間ですよ、起きなさい、学校に遅れますよ、そういう言葉をききながら、遅れたってかまうものか、と眠たい頭の中で返事をしてなかなか蒲団から出なかったものだ。そんな気分で、僕はいつまでも半醒半睡の状態のままでいた。そのうち、空間がさまざまの音響でみたされはじめた。地にこもるような重たい余韻をもった響きは飛行機から投下された爆弾が爆発する音で、その音のあいだを縫って連続する軽い炸裂音は、高射砲や高射機関銃の弾丸が空中で爆ぜる音である。僕はだんだん眼が覚めてきた。そのとき、僕の周囲にひろがっている闇に、赤い色が滲んだような感じがした。

「ほんとに、起きた方がいいわよ」

という母の叫び声が、庭から聞えた。僕は飛び起きて、手さぐりで洋服を身につけ、庭に出た。

東の空が真赤だった。炎上している地域は意外に近いらしく、焔といっしょに舞いあがる黒い燃え殻がはっきり見えた。空に噴き上げる火焔のために、強い風が起りはじめていた。焔が吹き上るたびに、いちめんの空の暗い赤色のなかに白い輝きが楔形に打ちこまれて、黒い燃え殻の点々が縞模様をなして捲きあげられた。

赤い空の周辺には、その光を映して、牛の霜降り肉のような空が拡がっていた。母は庭に一人で立って、頭に座ぶとんを載せて空を見上げていた。僕も座ぶとんを載せて母の傍に立ち、空を見た。僕たちの真上の空を、四発の爆撃機が一機、銀色の機体を燦めかせてゆっくり通りすぎた。座ぶとんを頭に載せるのは、空中で炸裂した高射砲の破片を避けるためである。高射砲の破片で怪我をしたら醜態だから、といって僕が発案したのであった。

「ここまで燃えてくるかしら、こんな具合では防空壕に入っているわけにもいかないわね、あの娘は一人で潜りこんでいるのだけど」

防空壕の四角い黒い穴の中へ、僕は大きな声を送りこんだ。

「おうい、蒸し焼きになっても、知らないぞ」

ビックリ箱の蓋(ふた)を開けたように、その黒い四角い穴から、彩色された若い女中の顔がとび出した。僕ら三人は、縁側に腰掛けて、燃えている火の成行きを見守ることにした。さっきから起りはじめた強い風は、つむじ風のように気紛れな吹き方をしているので、風むきによっては火はここまで燃えてこないで消えることも考えられた。

その瞬間、見えない大きな掌が、僕を頭上からぐっと圧しつけた感じがした。腰が縁側から離れて、ストンと両膝が地面の上に落ちた。あたりを見まわすと、母も僕と同じような恰好で膝をついていた。若い女中は、地面に腹ばいになって、ワアワア大きな声で叫んでいた。

家の軒や雨戸など数ヵ所が燃えはじめた。近くに落下した焼夷弾に詰められた油脂が飛び散って、付着した模様だ。僕と母が火たたきを振りまわして、その火を消しとめた。僕は靴のまま家の中を歩きまわって、ほかに燃えている場所がないか調べた。塀のそばに積まれた材木の二、三本が燃えはじめていた。僕はその材木を抜き出して、地面に投げ捨てた。

庭に戻ってみると、母が衣類を入れた金属製の箱を防空壕の中へ入れていた。そのとき、隣家の二階の窓から、真赤な焔が噴き出した。

「もうあきらめて、逃げた方がよさそうね」

とおろおろしている若い女中の手頸をしっかり捉えたまま、母が言った。

「あと五分ほど、様子を見てみましょう」

その五分のあいだに、隣家の火は屋根から噴き出しはじめた。母に手頸を摑まれたまま、若い女中はばたばた足を踏みならしていた。

「これでは、もう駄目です。逃げましょう」

と母が言った。

「もう五分だけ、僕はここにいます。どうせ燃えるにしても、ちょっとそのときの様子を見ておきたいんだ」

「それなら、そうなさい。五分だけですよ、わたしたちは、坂の下のところで待っています」

家の前に広い坂がある。火はその坂の上から燃えてきていた。母は女中の手をひっぱって、去っていった。

僕は自分の部屋へ戻った。隣家の燃える火で室内は明るかった。煙は少しも無かった。柱の釘にレインコートがぶら下っているのが見えた。僕はそれを着て、押入れの戸を開けた。押入れの中に書架が入れてあり、書物が並んでいる。その書物の背文字が、隣家の燃えている火ではっきり読めた。僕は小型の本のなかから三冊抜き出した。無人島へ行くときに三冊だけ本を持ってゆくとしたらどんな本を選びますか……。そんなアンケートの答えが、雑誌に並んでいたのを思い出して、慎重に選択をした。僕は、自分の心が落着いていることを検べ、それを愉しんでいた。ところが、選び出した本をレインコートのポケットへ突っこんだとき、ポケットの底が抜けていて、本は音をたてて畳の上に散乱した。本が畳の上に落ちた鈍い音、水を含んだような厚ぼったい音を聞き散乱した書物の形を見ると、自分の心は実際はひどく狼狽しているに違いないと、僕は考えはじめた。

逃げよう、と僕はおもった。そして、ふたたび心を落ちつけて、何か持って逃げよう、と考えた。ポケットへ入れた書物が、ポケットの中を通り抜けてしまったので、僕は反射的にもっと実用的なものに心を向けた。押入れの中の毛布を僕の手は摑みかけた。そのとき僕の耳にささやくものがあった。「おまえの生はすぐ眼の前で断ち切られている筈じゃないか。そんな人間が、毛布を持って逃げるとはどういうわけかね」

僕は毛布から手を引っこめて、乱雑に積み上げてあるレコードのアルバムに眼を向けた。僕の足は、はやくこの燃えかかっている家を去りたくて、足ぶみしはじめていた。しかし、僕の眼は慎重に選択して、ドビュッシイのピアノ曲をおさめた十二枚のレコードがはいっているアルバムを抱え込んだ。

屋内では煙の気配はなかったのに、門から足を踏み出すと火の粉と煙が交錯しながら立ちこめていた。広い坂道の下まではわずか五十メートルほどの距離なのに、まったく見透しがきかず、むしろ坂の上の方が煙が薄かった。僕の脚はおもわず、坂の上へ向きかかった。しかし、坂の下では母が待っている筈だ。それに、火は坂の上から燃えてきているではないか。レインコートの襟を立て、レコードをしっかり抱えた僕は、まわりに隙間なく張りめぐらされている火の粉と煙の幕の中に飛びこんだ。

煙の厚い層をつき抜けるには、ずいぶん苦しまなくてはなるまいと僕は予想し、両脚に力をこめて走りはじめた。焼死という考えが、さっと脳裏を掠めた。ところが、一瞬の間に、僕は坂の下に着いていて、そこに立っている黒い影にぶつかりそうになった。辛うじて身をかわして相手を見ると、それは母だった。あまりの呆気なさに、僕は拍子抜けした気分だった。また、面映い気分でもあった。……そのときは、僕はそう思ったのだが、あとで母の語るところによれば、やはり僕たちはかなり危険な状態に置かれていたらしかった。母が家から逃れたときには、すでに坂道には人影がなく、坂の下に立って煙の中から出てくる僕の姿を待ったが、いつまで経っても一つの人影もあらわれなかった。それは、ひどく長い時間におもえたそうだ。若い女中はすっかり怯えてしまい、発作的に走り出しかけたりするので、母は女中のモンペの腰紐をしっかり摑んだまま苛立ちながら待っていた。だから、ようやく僕の姿が煙の幕から飛び出してきたときには、母の方から僕の前に駆け寄ったのだそうである。

家を焼かれた人々の群れは、すべて申し合せたように坂の下から右手に向い市街電車のレールに沿って動いていた。およそ千メートル離れた神社の境内に、避難しようとしているのだ。神域へは直撃弾を落すまいという考えも含まれている筈だ。しかし、その神社は焰が進んで行く方角に在る。それが僕をためらわせた。

左手の方角は、江戸城の外濠(そとぼり)の名残りの水濠で、その向う側にひろがっている町並にはまだ火は燃え移っていない。かなり幅の広い水濠は火が飛び越すのを拒むかもしれぬと、僕は考えた。僕は母を捉して、人々の流れに逆らい、水濠に架けられた橋を渡り、暗い街に歩み入った。

街路にはほとんど人影は見あたらず、家々はしずまりかえっていた。あまりに静かな町を歩きながら、僕は間違った不吉な方向に逃れて行っているのではないかという不安に襲われはじめた。

「あーっ」

不意に悲鳴に似た声が耳もとでおこったので、僕はぎくりとして、あたりを見まわした。叫んだのは若い女中で、走り出そうとしている彼女の腕を、母が片手で引きとどめている。

「離してください。貯金帳を置き忘れて来ちまったんです」

「君は焼鳥になりたいのか、もう燃えてしまっているにきまっている」

僕は腹の底から怒りがこみ上げてきて、怒鳴った。

「三百円も蓄(たま)っていたのに」

僕の家の方角へ走り出すことをあきらめた若い女中は、繰りかえし繰りかえし呟きながら歩いていた。怒りが鎮まると、腕にかかえている十二枚のエボナイトのレコードの重さを、ずっしり感じはじめた。気がつくと、母は掛蒲団をかかえて歩いている。レコードを持ち出したときの気持のうちの一種のダンディズムは、僕の心からすでに消えていた。しかし、僕は依怙地になって、その荷物を捨てようとしなかった。この空襲で死なないにしたって、僕たちの生にはすぐ向うまでしか路はついておらず、断ち切られているのだ、という考えを捨てないために僕はその重い荷物を捨てなかったのだ。

僕たちは人の気配のない街を歩いて行った。焼け出された人々は、この方角には逃れて来ず、この町の人々は自分の家に潜んでいるのだ。僕たちは小高い土地を登っているうちにかなり広い空地に行き当った。どういう場所かはっきりしなかったが、あちこちに樹木が生えており、防空壕らしい素掘りの穴もあった。僕たちは、そこの土の上に腰をおろした。

僕たちの坐っている小高い土地は、水濠へ向って低くなっている斜面の途中にあり、街の展望が眼の前に拡がっていた。火は、すでに僕の家を通りすぎ、坂の下から水濠に沿って、対岸の家々を一つまた一つと焼き崩しながら進んでいた。黒いてんてんの鏤められた焔が天に冲し、その焔は突風に煽られて水濠を渡りこちら側の町に燃え移ろうと試みていた。焔は間歇的に高く噴き上り、僕たちのいる町の方へ襲いかかった。僕たちは黙ってそれを見ていた。どの位の時間が経ったのであろうか。火焔(かえん)はついに水を渡って、こちら側の家並に燃え移った。焰が飛火した場所は、僕たちのいる場所からは、かなり右手に外れてはいたが、その方の空はたちまち赤く光りはじめた。

「困ったわ、困ったわ、燃えてきたわ、貯金帳が燃えちまった、四百円も蓄っていたのに」

若い女中が呟きはじめた。その金額が先刻よりも百円増えていることに気がつくだけの余裕は、僕の心に残っていた。僕たちのいる空地に逃げてくる人影が、三々五々見えはじめた。風がしだいに強くなり、またその吹いてくる方向が目まぐるしく変るようになりはじめた。火焰の上の空気が膨脹して、対流による風をまき起すのである。樹木の枝があちこちの方角に音をたてて揺れた。

他の場所へ移動することを、僕たちが考えはじめたとき、だんだん風の勢いが鎮まってきた。水濠の対岸の火は、家々を嘗(な)めつくして、すでにずっと左手の街に移動していた。

「もうここまでは燃えてこない様子だ、少し眠ることにしよう」

と僕が提案した。素掘りの防空壕に入ってみると、粗末な木のベンチが取付けられてあった。僕はその上に、レインコートのまま転がった。僕の神経は昂っていた。しかし、疲労がおもたく覆ってきて、やがて眠りに引込まれていった。

眼を開くと、あたりは光のない白い朝だった。曇り日である。母と若い女中は、すでに眼を覚まして土の上に坐っていた。僕たちは、自分の家のあった方へ歩きはじめた。三百メートルほどは、歩いてゆく街路の両側に家が建ち並んでいた。しかし、それが尽きたあとは前方に拡がっている風景は、黒一色だった。人家の影は一つも見ることができなかった。ところどころ、焼け残った土蔵が立っているだけであった。水濠の橋を渡り、坂の下に立って僕はうしろを振返ってみた。おどろいたことに、水濠の向う側の斜面の街は、僕たちが夜を過した場所とおぼしきあたりを中心に狭い地域が楔形に焼け残っているだけであった。

神社の方角から、避難した人々がぞろぞろと戻ってきていた。それぞれ大きな風呂敷包みや蒲団をかかえている姿だった。あたりが明るくなってしまったので、僕のかかえているレコードの四角いアルバムのオレンジ色の装幀が異様に目立つのである。僕の腕に抱かれているその無用の品物は、異端の旗印のように僕を脅やかしはじめた。しかし、僕はなるべくさりげない顔つきで、じっとその重さを我慢していた。それは、疲れた腕には、異常に重たくこたえてきた。

僕たちは、自分の家の焼跡の上に立った。防空壕の蓋の上には、土がかけてあった。若い女中は、その場所に走り寄って、その土を取除けて蓋を開けた。女中の姿が、穴の中へ消えた。間もなく、穴の外へ首が出てきた。僕ははじめて、その顔が丁寧に化粧してあるのを知って、いささかたじろいだ。若い女中の全身が穴の外へ出たとき、その両手には大きな風呂敷包みがぶら下っていた。

二度、三度、若い女中は防空壕に入ったり出たりした。そのたびに穴の傍の土のうえに並べられる荷物の数が増えていった。その荷物は、すべて女中自身の品物である。彼女は荷物の前にしゃがみこんで、その一つの風呂敷包みの結目をほどこうとしていた。なにごとか呟いているようだった。僕は耳を傾けてみた。

「貯金帳を焼いちゃった。六百円も蓄っていたのに」

僕は廃墟にたたずんで、心に湧き上ってくる感情を見詰めてみた。二つの感情がいっしょに浮び上ってきた。一つは、何となくしてやられたような口惜しい気分である。もう一つは、可笑しい気分であった。その可笑しい気分の方がしだいに強くなり、やがて圧倒的な強さになった。僕は笑い出してしまった。その笑いは哄笑(こうしょう)にちかかった。僕は母の方を見た。母もしばし唖然とした顔で若い女中の姿を眺めていたが、やがて笑いはじめた。笑いはなかなか止らなかった。しかし、僕たちの笑いは、若い女中にたいしてのものだけでは、けっして無さそうだ。

若い女中は、荷物の前にうずくまったまま怪訝(けげん)な顔で僕たちを仰ぎ見たが、すぐもとの姿勢にもどって、風呂敷包みをほどきつづけた。

包みが解かれると、なかから華やかな色彩の布ぎれや衣類がこぼれ出た。彼女の指は、満足そうにそれらの品物をいじっていた。

突然、女中の姿のうしろに拡がっている風景のなかから、一条の火焔が噴き上った。この黒一色の風物の中で、勢いのよい焔をあげて燃え上るものがまだ残っていたかと、僕は異様な気持で火焔の方角を見詰めた。僕の立っている地面は、発火地点にむかってなだらかな傾斜をみせて高くなり、そのまま空につながっている。空と土地との境界は、前夜までは大小さまざまの建築物でジグザグに劃(くぎ)られていたのだが、いまではほとんど直線になっている。直線から飛び出している僅かな箇所の一つに、土蔵が見えている。その土蔵から火が噴き上っているのだ。あたり一帯を焦土にした火によっても焼け崩れなかった頑丈(がんじょう)な土蔵が、まったく火の色もなくなったころになって不意に燃えはじめた光景は、僕をとまどわせた。

怯えて顔をあげた若い女中は、いちめんに並んでいる彼女の財産をかかえこむ恰好をして、

「どうして燃えはじめたのでしょう」

という言葉を繰りかえした。その声が消えても、僕には土蔵が燃えはじめた理由が分らなかった。そのとき、母の声がきこえた。

「誰かが土蔵の戸を開けたのね」

その言葉で僕ははじめて、頭の中で物理化学の教科書を開き、土蔵炎上の理由を考えてみようとした。……土蔵につめこまれた品物は、厚い土の壁の外側で渦巻いた焔からそそぎこまれた熱を、まだ吐き出すことができない。その状態のとき、土蔵の戸が開かれて新しい空気が流

れこんだ。たくさんの酸素にまわりをとりかこまれた品物は、たちまち発火してしまったのである。

土蔵から噴き上っている火は、なかなか衰えなかった。母と僕は焼跡に並んで立ち、その光景を見物していた。

ふと気づくと、いままで地面にうずくまっていた若い女中が両腕に金属製の箱をかかえた姿で、防空壕からあらわれた。その箱は母が壕の中に入れたもので、いまでは僕たちに残された唯一の財産である。女中は箱を地面におろすと、その蓋に手をかけた。母が大きな声で、制止した。

「開けてはいけません」

若い女中は手をとどめて、母の顔をみた。そして、今度は箱に蓋がかぶさっている継目のところへ顔をちかづけて、見えない箱の中を覗いている恰好のまま、そろそろ蓋を持上げようとした。今度は僕が怒鳴ってみた。何故その蓋を開けてはいけないのか分らせようと思いながら、大きな声を出した。

「その蓋を開けると、ほら、あそこで燃えている土蔵のように中身が燃えてしまうんだから、よしなさい」

若い女中は、不思議そうな疑わしそうな顔で、僕を見たまま蓋から手を離そうとしなかった。

僕は腹をたてて、彼女の方に歩みよりながら、

「その手を離しなさい」

と言うと、ようやく彼女は箱のそばから離れた。

僕は自分の軀が動き出したついでに、前夜まで自分の家が立っていた場所を歩きまわってみた。

空襲のときに僕たちが腰掛けていた縁側の位置から数歩しか離れていない地面に、太い鉄格子を筒状にまるめたような恰好のものが転がっていた。飛行機から投下する小さな焼夷弾を、たくさん束ねるための役目をする金具らしかった。僕たち三人が並んでいた真上に落ちてくればそれぞれ無事ではすまぬ大きさが、その鉄の枠(わく)にはあった。門のあった位置の右側、そこには取毀(とりこわ)された母の店のコンクリート土台がそのまま残っていたが、その土台のすぐ前の鋪装路に大きな穴が明いていた。

深くえぐられた穴の土の壁からは、突き破られた水道の鉄管がのぞいていて、鉄管の破れ目からきれいな水がほとばしっていた。穴に溜まっている水には、油が光って浮んでいた。おそらく、この地点に落下した焼夷爆弾が、鉄管を突き破りながら破裂したのであろう。そのために、燃え上る筈の内容物の多くの部分が、水によって消されてしまったらしい。僕には、その爆弾が間抜けな愛嬌のあるものにおもえて、ちょっと心が和んだ。

コンクリート土台の上に腰をおろして、僕はズボンのポケットを探った。なかから折れ曲った煙草が一本、出てきた。指先でその煙草を真直ぐにのばして吸っていると、華やいだ女の声が耳に飛びこんできた。

「死ななかったのね」

首をまわして見ると、前日僕の部屋を訪れたあの娘が立っていた。瞳の色を濃くして、笑っていた。

「君だって生きているじゃないか」

「生きているけど、膝のところを擦り剝いちゃった。焼夷弾を消しているとき、怪我してしまったのよ。畳の上にころがっている焼夷弾をね、五つも庭にほうり出したんだけど、とうとう家が焼けちゃったわ。それよりね、坂の上の小学校が、地下室に鮭(さけ)のカン詰をぎっしり詰めこんだまま焼けてしまったの。みんなバケツを下げて拾いに行っているのよ。一しょに取りに行かない」

そういう娘の手をみると、真新しいブリキのバケツを提げていた。

「君は、ひどくここらの事情にくわしいんだな」

「だって、わたし、あの水濠のむこうの街に棲んでいるんだもの。ずいぶん、うっかりした質問ね」

そう言いながら、娘は焼跡を歩きまわると、まもなく赤黒く焼けたバケツを見つけて拾いあげ、高く差上げて僕に示した。

光るバケツと黒ずんだバケツとを一つずつ両手に提げて、娘は僕の方に歩みもどってきた。軽くビッコをひいていた。僕の前に立った娘は、ちょっとためらったのち、光るバケツの方を僕の手に渡そうとした。

その瞬間、はげしく空気の吸いこまれるような音がひびいて、赤い色が網膜にとびこんできた。

何が起ったのか、今度は僕には確実に予測できた。僕は防空壕の方に眼を向けた。そこでは、土の上に置かれた金属製の箱が火を噴いていた。箱の蓋は、傍の地面に上を向いてころがっていた。あの若い女中が、とうとう密閉された箱の中を、そーっと盗み見してしまったのだ。

白いかがやきに縁どられた焔は、箱の中から赤い長い舌を出して、大きく左右に揺れていた。揺れうごく赤い色を反射している若い女中の顔のうえでは、細長い眼が、笑ってでもいるかのように波形にうねっていた。

廃墟と風

廃墟と化し交通機関の杜絶した東京の街を、昭和二十年五月下旬から六月上旬にかけて、僕は無暗(むやみ)に歩きまわった。

そして六月の残りの日々、今度は逆に、僕は一人の娘と一室に閉じ籠って暮すことになった。

焼け残った地域の大半が二百数十機の空襲によって廃墟となったのは、五月二十五日真夜中のことである。その夜、僕の家も焼失した。

翌日から、防空壕の中の暮しが始まった。交通が復活したら、僕は焼け残った郊外の町に縁故を頼って下宿部屋を見付けるつもりだったし、母は近県の知人宅へ疎開することにきめていた。

だから、朝になると僕は防空壕から這い出して、焼跡の土台石に腰を下ろし、電車の響きが聞えはじめるのを待っていた。しかし、交通機関はなかなか動き出さなかった。

その替り、膝をかかえるようにして蹲り呆んやり待っている僕の前に、見覚えのある顔が立っていることがあった。

「お怪我がなくて何よりね」

張りのある涼しい声が聞えたので顔を上げると、僕の女友達が立っていた。

「君のカミサマのご利益もなくて、焼けてしまったぞ」

「怪我をしなかったのが、ご利益よ。それに私の家だって焼けたんだから、我慢なさい」

と、彼女は笑いながら言った。彼女の母親は著名な学者の娘であって、熱狂的に神道を奉じていた。その母親は、僕のところへも神道の神髄を吹き込みに訪れた。再三、訪問を受けたが、僕は気乗りのしない様子で聞いているだけだった。彼女は、今度は中年の男を同伴して現われた。モンペをはいたその男は、諄々と説き聞かす口調で長々と喋った。空疎な内容だとおもった。気が付くと、僕は奇妙なことを考えていた。「この冬は、めずらしくアカギレが出来たっけ。やっぱり、栄養不足のせいだろうか」なぜそんなことが頭に浮んだかと、一瞬不思議におもったが、理由はすぐに分った。その男の顔が、アカギレの煉り薬を入れた貝殻に似ているのだ。

「それでは、これは私のおねがいですが、神棚だけは付けて下さい。材料や道具一式は私がお世話しますから」

と、女友達の母親は、最後にそう言った。あとで、僕の母が言った。

「神棚はあってもいいでしょう。あれだけ熱心に言って下さるんだから、お友達づき合いにそうして貰ったら」

そこで、僕の家にはマナイタほどの厚さの立派な板を使った神棚が出来たのだ。神棚が完成した日、僕は母娘の訪問を受けた。新しい神棚の前で祝詞（のりと）をあげオハライをしてあげる、というのである。

母娘は正坐して、朗々たる音声を張り上げはじめた。母親は、娘に紛（まご）う凜（りん）としたよく透る声である。祝詞の終るまで、僕もその傍に正坐することになった。奇妙な抑揚の合唱は、なかなか終りが来なかった。合唱の声は、家中に響き渡り、おそらくかなりの遠方まで届いたことだろう。僕は黙って正座して、襲いかかってくる音に耐えていた。丁度近辺の学校の退け時で、塀の外の舗装路では絶えず足音がひびいていた。ようやく、長い祝詞が終った。娘の母親は紅潮した顔を僕の方へ向けて、言った。

「あなた、やろうとおもえば、そうやってちゃんと正坐していられるのにねえ」

神棚が出来て間もなく、家が焼けたのだが勿論（もちろん）僕は揶揄（やゆ）する意味合いで、女友達にカミサマを非難してみたのだ。

「ご利益のなかった申し訳に、これをあげるわ」

と、彼女は片手に提げた細長い形の風呂敷包みを解いた。なかから、醤油の入った一升瓶が出てきた。

「珍しいものを持っているな。君の家も焼けたんだろう」

「そこは、ウデよ」

彼女は、体操をするように片腕を曲げ、上へ伸ばした。

「それじゃ、おかえしに鮭のカンヅメをあげよう。なにしろ、バケツに一杯あるんだからな」

「あら、それは小学校から拾ってきたのでしょう。うちには、バケツに三杯もあるわ。だけど、不精者がよく拾いに行ったわね」

近くの小学校が、地下室に一ぱい鮭のカンヅメを詰めこんだまま焼けた。そこで、大量のカンヅメが拾うに委された。焼け崩れて鉄筋の骨格があらわになった建物の側面に、沢山の人間が取り付いて犇(ひし)めいていた。頬を紅潮させた彼女が勢いよく人々の間に割り込んで、バケツの中へカンヅメを掻き集めている光景が鮮やかに僕の眼に浮んだ。

「バケツに三杯か。さぞかし奮闘したんだろうな。僕がゆっくりぶらぶら行ったときにだって、まだあちこちに散らばって残っていたのにな」

「あ、そうそう、この前私の家で会った美人ね、彼女の家も焼けたわよ」

「うん」と、僕はちょっと躊躇(ちゅうちょ)してから言った。「知ってるよ。その彼女と、カンヅメを一緒

う

な表情が横切った筈だ。そのとき僕はこう考えていたのである。「僕は、この女が嫌いじゃない。むしろ好きなのだ。しかし、その感情には、少しも恋情の翳が射してこない。これは、どうしたわけだろう」

「あんまり、そんなことをすると、あの人の彼に怒られるわよ」

「そんなに、惚れてるのか」

「誰が、誰に」

笑いながら、女友達は立去って行った。

土台石から腰を離すと、僕は大きな伸びを一つして、そこらをぐるぐる歩きまわった。破れた水道鉄管から迸り出ている水を掌に受けて呑み、もとの土台石に今度は道路に背を向けて腰を下ろした。

短くなった吸いかけ煙草をキセルに詰めて吸っていると、背後で女の呼ぶ声がした。

「いいお天気ね。散歩に出掛けない」

その声で、数分前に僕と女友達の話題に上っていた娘だということが分った。

「そうだな、いつまでこうやってすわっていても仕方がない。それじゃ、T駅の近所まで出掛けるか」

と、僕は郊外電車の途中駅の名を言った。その町に、下宿部屋の心当りがあるのだ。

「T駅ですって。そこまで歩くと二時間はかかるわ」

「だから、途中まで散歩しよう」

僕たちは、出発した。

三十分ほど歩きつづけたが、視界に入ってくる風景にはすべて黒と茶と灰白の色しかなかった。樹木は枝が焼け落ちて、一本の焦茶色の棒になっていた。崩壊した建造物の破片で覆われている地面に突き刺さるように、灰白色の煙突がところどころ立っていた。焼煉瓦(れんが)の暗紅色が、風景の中にちらばっていることもあった。

二十五日夜の空襲が、いかに広範囲の地域を焼き払ったか、僕たちはあらためて思い知った。爪先(つまさき)上りになっていた斜面の稜線に達すると、新しい眺望が拓け、その中に緑に覆われた一区画があった。明るい緑が、瓦礫(がれき)の街の中に燃え上るように鮮やかだ。僕の足は、その方向へ踏み出していた。

その緑の地域は、大きな墓地なのだ。僕と娘はその中に這入って行った。人影は全く無かった。墓地の中の径は、迷路のように縦横に通じていた。

木洩れ陽が、娘の白い顔の上で、水底の光のように揺れた。娘は紺色のモンペを着ていた。その衣裳の下に在るものを、僕は知らない。その娘の軀を知らない、というより、女体そのものを知らないのだ。知らないまま、間もなく墓石の下に入ってしまうかもしれぬ。いや、墓石の下に入るなどというはっきりした形ではなく、土に混ってしまうかも知れぬ。

知りたい、と僕は痛切に思った。女友達にたいしては少しも動かなかった欲情が、この娘には烈しく動くのだ。口のなかが乾いて、僕は黙りがちに墓地の中を矢鱈に大股で歩きまわった。

「ちょっと待って。もう少し、ゆっくり歩いて」

娘は立止ると、そう言って、ゆっくりあたりを見廻した。そして、傍の墓石に視線を止めた。

「あら、このお墓、変だわ」

娘の視線を追うと、その墓石の面には男女の姓名が並べて彫り込まれてあった。そして、男の姓と女の姓とは異なっている。

「心中したんだろう」

墓石の側面に廻ってみると、果して一行の文字が刻まれてあった。

「栄子は康夫の室なり」

「死んでから、親が許して一緒の墓に入れたんだな」

「手遅れね」

「そうかな。そうじゃないだろう」

「親にとってはね。あとで同じお墓に入れてやるような親にとっては、結構なことだわ。情熱なんていずれは醒めてしまうものでしょう。その情熱が二人一致して昇っていって、これ以上強くなりようがないときにそこで絶ち切ることができたなんて。ずいぶん幸運な人たちね。このごろは、うっかりしていると、眼が覚め切らないうちに爆弾に当って死んじまうんですもの」

僕は曖昧な表情のまま、しばらく返事をしなかった。そして、他のことを訊ねた。

「君と散歩すると、『彼』に怒られるという話だが」

娘の顔に暗い翳が射したが、すぐに勝気な表情を現わすと、

「じつは、T駅の近くに彼の家があるの。お見舞に行かなくちゃならない。私、あなたと一緒にTまで歩いてゆくわ」

僕は自分の心を確かめてみた。欲情は相変らずそこに蹲っていた。しかし、恋情は一片も見当らなかった。娘の愛人にたいする嫉妬の念も、少しもなかった。しかし、僕の心は娘のその言葉に反撥していた。「こいつ、接吻してしまうぞ」と、僕は口の中で呟いた。

娘は、墓石を眺めながら石垣に沿って歩きはじめたが、すぐに足を止めた。

「ここにも、おかしなお墓があるわ」

その墓の面には、姓の異なった女の名が並んで刻まれてあった。

「これは、同性愛心中かな」

黒と灰白色の廃墟に取囲まれたこの墓地が、いまでは何処よりもなまなましい人間の匂いを立騰らせていた。墓地の樹々は緑である。風が梢を渡って、木の葉の鳴る音が聞える。その音は、沢山の人間が遠くの方で笑い声をたてているように聞えてくる。

「明るいな。陽気なくらいだ」

「なにが」

「墓地がさ。死人ばかりいるくせに。しかし、死んだやつにはこういうことは出来ないさ」

そういう言いまわしでキッカケを見付けなかったならば、僕は決して次の行動に移れはしなかっただろう。僕は娘の顔を両手で挟み込むと、力を籠めて仰向かせて、娘の唇に唇を当てた。無器用な接吻だった。僕にとって生れて初めての経験なのである。

初めての経験は強い刺戟となって、僕を陶酔させた。一方、僕は薄目を開いて心の片隅で考えていた。「この女は、眼を瞑っているな。この女にとって、幾度目の接吻だろう。数え切れないくらいだろうか」

娘の背は、墓石に押し当っていた。また、梢を風が渡った。その音は、今度は僕の耳に笑い声に聞えなかった。地面の下で、乾いた骨がこすれ合いながら動いている音のようだった。

「口惜しいだろう、もう、おまえたちには、こういうことは出来ないのだからな」と、僕は呟いた。

しかし、あとどのくらいの時間が僕に残されているのだろう。それは、僕に分ることではない。もう一度、娘の軀を引寄せようとした。娘は、身をもがいて許さない。

「もうやめて、怖いわ」

「なにが怖い」

「なんとなく。それに、悪いわ」

「なにが」

「お墓に。もう行きましょう。T駅へ行くのが遅くなるから」

僕たちは、墓地を離れた。緑の地域は、背後に小さくなってゆき、僕たちの歩く道の両側にはどこまでも廃墟が拡がっていた。やがて、T駅へ行く郊外電車の始発駅に着いたが、もちろん電車は動いていなかった。

線路の上を、僕たちは歩いて行った。陸橋にさしかかると、足で枕木を一つ一つ拾って歩いた。枕木の隙間から、地面を歩いている人間が小さく見えた。

陸橋を渡り終っても、僕たちは俯向いたまましばらく枕木を伝わって歩いた。不意に娘が立止ると、低い声で言った。

「これから、どうするの」

「これから、T駅へ行くんじゃないか」

そう答えて、すぐにこれは違う答えだな、と思った。娘の言葉は、肉体関係が出来てしまった直後によく女の使うと聞いている科白(せりふ)と同じものなんだな、と思った。

面倒なことになるかな、と僕はふと思った。もう一度、自分の心を覗いてみた。相変らず、そこには愛情は見当らなかった。不意に僕は腹立たしくなってきた。僕との接吻が、「新しい女」のような素振りをしているこの娘にとって、それ程重い意味を持つのか。そんな質問は、他に持って行き場所がある筈ではないか。

僕の女友達が、この娘について言った言葉が響いてきた。

「でも、いずれその人と結婚なさるんですって」

俯向いて枕木を拾いながら歩いている間に、この娘は計算をしたのだろうか、妻子のある男である「彼」と、僕とに関しての計算をしたのであろうか。枕木を拾って歩く姿勢は、計算するのに都合のよい姿勢だ。

僕は、娘の言葉にたいする返事を、もう一度言い直した。

「これからどうする、というと、何を」

娘は、黙ったままだ。僕は、ポケットを探って一本の煙草を取出すと、口にくわえて火を付けた。

「情熱なんていずれは醒めてしまう、とさっき君が言ったばかりじゃないか。それより、まあ煙草でも吸いたまえ」

初めて僕の女友達の部屋で会ったとき、娘が煙草の煙をゆっくり吐き出しながら、驕慢な眼付きで僕を眺めたのを思い出したのだ。腕を伸ばして、僕の指先の煙草を娘の唇へ持って行った。

娘は、一口短く吸うと、すぐ僕の方に押し戻した。

僕たちは再び線路の上を歩き出した。間もなく、トンネルの入口に近づいた。真暗なトンネルを潜り抜けてもう一度明るい空気の中に踏み出したとき、娘の眼は赤くなっていた。寂しい顔になっていた。

僕は閉口していた。と同時に腹を立てていた。「このくらいで泣くなんて、馬鹿にしてやがる、約束が違うじゃないか」

やがて、線路の両側の風景が一変した。焼失を免れた地域に、歩み入ったのである。そして、T駅に着いても娘は僕から離れなかった。

「Tに、君の『彼』がいるんだろう」

僕はわざと、そう念を押したが、娘は返事をしないで僕と一緒に歩きつづけた。心当りの家へ行き、下宿部屋のことを頼んで、またもとの線路を歩いて帰った。帰路、僕たちは殆ど言葉を交わさなかった。

その夜から翌朝にかけて、僕は二つの夢を見た。

一つの夢では、裸の女がオートバイに乗って驀進してきた。烈しく回転する車輪が、僕の眉間へ大きくのしかかり背後へ飛ぶように消え、闇の中で僕は眼を開いた。

もう一つ。

闇の中に青白い光が射し込んでいて、その光のなかに白い足首が浮び上っていた。陶器の肌に似た白さで、静物のようだ。僕の足首ではない。

足首につながる軀は闇に消えて見えないが、線のやさしさ柔らかさからみれば女の足である。僕はその趾を指先でつぎつぎとまさぐった。一本、二本と勘定しながらまさぐる。五本目の小さな指からまた親指へ戻って、一本二本と倦きもせず繰返し数えつづけた。この勘定のやり方が機械的になりかかって、ふと気がつくと、一二三四、五本目の趾がなくなっている。

ぞっ、とした。頬に冷たい湿ったものが押当てられている。土の匂いがした。そして、夢から覚めた。防空壕の小さな四角い入口から朝の光が流れ込んでいた。

その日もまた、僕は土台石に腰を下ろして電車の動く響きが聞えるのを待っていた。

朝飯も昼飯も、雑炊（ぞうすい）である。焼けて赤くなった鍋（なべ）の中に、カンヅメの鮭を入れて雑炊にする。焼けたカンヅメは貯蔵用にならぬので、惜しみなく幾つも蓋を開ける。この年で、最も贅沢（ぜいたく）な食事をした期間が、この罹災（りさい）後の数日間であったのは、皮肉なことだ。

午過ぎ、友人が訪れてきた。自分の家は焼けなかったが、安否を気づかってやってきた、と彼は言った。歩いて二時間かかった、と言う。僕は、新しいカンヅメの蓋を開けて、その労をねぎらった。

「火事見舞にきて、逆にご馳走になるなんて妙な話だな」

と、彼は笑いながら、貪（むさぼ）り喰べた。

僕たちは、土台石の上に並んで腰を下ろした。眼の前の坂を、時折、人が通って行った。いろいろの荷物を山盛りにしたリヤカーを引張った学生が、坂の下に現われた。その学生は坂の下で立止ると、急な勾配をゆっくり見上げ見下ろしながら、額の汗を拭（ふ）きはじめた。

「めんどくさいけど、後押ししてやろうか」

「そうだな、腹が空くけどな。手伝ってやるより仕方がなさそうだ」

僕たちは話し合って、そのリヤカーの後を押した。坂は長かった。リヤカーには、フトンや机や椅子が積んであり、そのほかこまごまとした品物が載せられてあった。斜面をガタガタ登るリヤカーの上で荷物がずれるので、僕たちはしばしば腕を伸ばして品物を摑み元の位置に戻した。僕は目覚時計を摑み、友人は英和大辞典を摑んだ。

そして、僕たちはお互いの手にあるものに視線を向けて、思わず顔を見合せた。

「思い出したな」

「うん、机と椅子と目覚時計と辞書か」

一年ほど前、僕たちが高校生だった頃のことだ。夜になると、一ぱい呑屋兜亭(かぶとてい)の縄(なわ)のれんを潜って、僕たち数人の仲間は酒を呑んでいた。しばしば酒が品切れで、酸っぱいブドウ酒を呑まされることもあったが。この友人も仲間の一人だった。そして、兜亭の若い女将(おかみ)が、僕たちの女王だった。

僕たちは、皆それぞれのやり方で若い女将に好意を示そうとし、且つ彼女の好意を得ようとした。そして、この友人のやり方は、風変りなものだった。自分の下宿部屋にあるいろいろの品物を彼女に捧(ささ)げることが、彼の好意あるいは愛情の表現法なのだ。それも、彼の言い分によれば、物質の力に頼ろうというのではなく、内気なために、品物を手渡すという以外の方法が取れない、というのである。

友人が、目覚時計を手渡す。こういう品物でも、街で買うことはできなかったのだ。

若い女将は、嫣然(えんぜん)とほほえんで言う。

「すまないわねえ」

友人が、漢和大辞典を手渡す。

若い女将は、気さくな調子で言う。

「スマナイッ」

それで、終りである。

野外教練のあった日、僕はそれを休んで街を散歩していた。すると、大きな荷物を積んだリヤカーを引張った学生が、手拭で汗を拭きながら横丁から姿を現わした。それが、この友人だった。リヤカーの荷物は、机と椅子と本棚である。

「どうした、引越しか」

「いや、兜亭へ持って行くんだ。マダムが、欲しいというんだ」

僕は立止ったまま、遠ざかってゆく友人の背中をしばらく眺めていた。

坂を上ってゆくリヤカーの後押しをしながら、そのときのことを僕たちは思い出していたのだ。

やっと、坂の上の四つ辻まで登った。リヤカーの学生は、立止ると礼を言った。

「ありがとう、おかげで助かりました」

「この荷物、焼け残ったのですか」

と、僕が訊ねた。

「ええ、壕に入れておいたんで、助かりました」

「机も、壕に入れておいたの」

「ええ」

「それで、この荷物、誰かにあげるつもりなんですか」

「いや、新しい家へ運ぶところですよ。どうして、あげるなんて訊くんです。机がなくて困ってるんですか」

「いやいや、机なんて無くたって、ちっとも困りやしない。ただ、ふっとそう思ったもんで」

学生は、怪訝な顔をして、去って行った。

「君は、あの学生が、恋人に捧げるためにあの荷物を引張って行く、とでも思ったのか」

と、友人が訊ねた。

「そう思ったわけでもないけど、万一そんなことでもあれば、面白いと思ったのさ。君のことを思い出したついでに、訊いてみたんだ」

「いまや、騎士道、地に落ちたか」

と、友人は道化た口調で顔を歪めてみせたが、その奥からひどく老成した表情が覗いていた。

その顔を見たので、僕は以前からの疑問を彼に質してみた。

「君は、兜亭のマダムを愛していたのか」

「愛してた、という程じゃない。丁度オレにとって申し分のない分量だけ好きだった。オレは、いつも一定の距離を置いて、好きになっているのが気に入ってるんだ。オレにはどこかひどく気持に優しくて脆いところがあるようなんだ。一定の距離がなくなるほど愛してしまうと、オレの気持のその脆いところが毀れてしまうようで、不安なんだ。その分量以上好きだと一定の距離まで後退するのに辛い力をふるい立てなくてはならないし、その分量以下では好きということにならない。つまり、オレにとって申し分のない分量だけあのマダムを好きだった、ということになるわけだ」

「汗を拭きながら、机を運んでいたところなど、純情そのものに見えたがな。マダムとしては、子供をあしらっている気持になっていただろう」

「つまり、こっちの気持に余裕があったから、ああいう真似ができたんだな。バルコニーの下で、ギターを掻き鳴らしてマドリガルを歌う光景があるだろう。そうすると、上の方で窓が開いて令嬢が首を出す。ああいう道具立てのつもりで、目覚時計や机を持って行ったんだ。何しろ当節は、花屋に行っても花もない有様だからな」

友人はそう言って、もう一度笑った。

そういえば、その若い女将に情人があることが分ったとき、一番動じなかったのは、この友人だった。若い女将の夫は、三年前に出征して外地へ征っていた。その情人、というより「旦那」という感じだが、その男は意外にもしばしば僕たちの相客になっていた男だった。禿げた小男である。

偶然の機会で、その男が若い女将の旦那であることが分ったのだ。

そのとき友人は、

「とかく、そんなものさ」

と、言った切りだった。

「しかし、あの男とは少しヒドすぎるじゃないか」

と、僕が付け加えると、

「うん、ちょっとヒドすぎたねえ」

さすがに興醒めた顔でそう言い、僕たちは顔を見合せて笑い出してしまった。

兜亭の若い女将に関しては、もう一つ挿話がある。その後、兜亭の近くで会合があったときのこと、酒がすぐに飲み尽されてしまった。その頃、酒は殆ど街から影をひそめていた。

「オレが酒を工面してこよう」

友人が立ち上ると、僕を誘って空の一升瓶をかかえ兜亭へ出かけた。

丁度、店仕舞したところとみえて、電燈は薄暗く、若い女将が店で跡片付けをしていた。友人が事情を話して頼むと、

「一升は無理だけど、五合くらいなら何とかなるわ。ちょっと待っていてね」

と、空の一升瓶を抱えて、奥の調理場へ入った。僕たちはしばらく暗い店内の椅子に腰掛けていたが、僕一人何気なく立上って奥の調理場を覗いてみた。女将は一升瓶に水道の水をそそぎ込んでいるところだった。瓶を洗おうとしているのだろう、と思った。しかし、違った。彼女は瓶を持上げると、電灯の光に透かして見た。瓶に六分の一ほど入った水の分量を、検べる眼で凝っと睨んだ。

凄く光る眼だった。

僕は不快になるより先に、ギョッとした。足音をひそめて元の席に戻ると、友人に囁いた。

「そうっと、奥を覗いてみろ」

友人はおよび腰で奥との仕切り戸の隙間に歩み寄り、すぐに戻ってきた。

間もなく、女将は嫣然と笑いながら奥から出てきた。彼女の手から友人は一升瓶を受取り、酒五合の闇値を支払った。戸外へ出ると、彼は言った。

「オレが覗いたときは、マダムは一升瓶をかかえて振りまわしていたぞ。水を混ぜたのかな」

「そうだ。三分の一は混っている。オレが覗いたときは凄い顔をして、水の分量を計ってい

た」

「オレのときも、髪振り乱して瓶をゆすぶっている、という感じだったな」

「おどろいたねえ」

「いや、あれが生活というものさ。あの凄い顔が女一人で生きてゆく顔さ」

と、友人が言った。

「しかし、少しヒドすぎたねえ」

「うん、ちょっとヒドすぎたなあ」

このときも、僕たちは興醒めた顔を見合せて、笑い出してしまった。

友人は、火事見舞にきて、リヤカーの後押しをし、雑談をしただけだったが、僕の心に一つの宿題を残して帰った。

彼は女性を愛するのに常に「一定の距離」を置く、と言う。あまりに強い愛を感じてしまうと、一定の距離まで後退するのに、辛い努力をしなくてはならぬ、と言う。

僕は、愛がないのに一定の距離を踏み越えてしまおう、としている。しかし、やはりそのためには辛い努力を必要とするようだ。動き出そうとする方角から僕を引戻そうとする、眼に見えない大きな力が働いている。僕はその力を振り切ろうとする、一方、僕の心はその力のままに引張られてしまいたい、と考えている。

その制止する力とは何だろう、と改めて考えると、僕は戸惑いはじめる。「愛がないのに」というが、愛とは何だろう、とこと新しく考えたりする。そのような答えは、今までならすぐに出る筈だ。ところが僕は戸惑いはじめる。

戸惑う気持そのままに、僕は娘と廃墟をそしてその周辺を歩きまわった。

娘は不意に、「あたし、シナへ行こうかとおもうの」と言い出したりする。そして、その計画が具体化し得る裏付けや、それが得策である理由を話しはじめる。

僕は聞いていない。そして、話の終るのを待って、言う。

「誰と」

「ひとりで」

「彼は」

娘は、頑なに黙り込む。僕は、娘の手首を摑んで荒々しく揺すぶりながら、

「おい、君の彼は、いったいどうしたんだ」

「彼なんか、知らない」

僕は心を定めて、娘の手首を摑んだまま焼跡の空地へ引摺って行こうとする。その瞬間、僕は戸惑いはじめる。「彼」の存在が、最初は僕を娘の軀に近寄らせたのではなかったか。そういう、勇敢な新しい、あるいは頽廃的なスゴイ女なら、僕も分け前にあずかってもよくはなか

ろうか、と考えはじめたのではなかったか。それなのに、「彼」の存在が曖昧になりはじめたことが、僕の心を定めさすとは、如何なる次第か。

そこで、また、僕と娘は街を歩きはじめるのだ。

あるいは、踏み切って定まった僕の心が、突然行き遭った光景によって、萎えてしまうこともあった。

横丁へ曲ると、傷痍軍人の一隊と行き遭ったのだ。白衣の兵は二列になって歩いてきた。その二十人ほどの兵士は、揃いも揃って義肢なのである。白衣の裾から、粗末なブリキ製と見まがう義肢がむき出しになって、崩れた鋪装路の上を叩いてゆくのだ。

不揃いな、重い音と軽みのある音との入混った響きが、僕の心を萎えさせた。

空襲を受けてから、十日経った。

その間に、僕は女中を国へ帰る汽車に乗せ、母を近県の疎開先へ行く汽車まで見送った。今度は僕が下宿屋へ移る番だ、と、焼跡の土台に腰掛けてあたりを見廻していると、娘が近寄ってきた。彼女も、新しい棲家へ移住するという。

「壕の中に住んでいると、湿気が骨のそばまで浸みてくるわ」

そう言って、娘は軀を揉むように動かした。僕は、娘の筋肉が動くにつれて波立つ衣裳の動きを、じっと眺めていた。

「僕も、これから、下宿部屋へ引越しだ」

ポケットから、僕はクローム鍍金の鍵をつまみ出した。その鍵を娘に示して、

「これから、僕と一緒に行かないか」

と、言った。

娘の喉の筋肉が、ピリッと慄えた。

「あたしを嫌いなくせに。あたしだって好きじゃない」

その言葉が、奇妙に僕の欲情を唆った。僕は娘の顔を眺めた。うっすらと荒廃の翳が、その顔に刷かれていた。僕は娘の軀を眺めた。紡錘形の、水棲動物めいた軀が衣裳のうえから感じられた。

「僕と一緒に行こう」

もう一度、僕は言った。娘は、下を向いて、

「あたし、疲れている」

と呟いた。

僕が歩き出すと、娘も一緒に歩を踏み出して、

「あたし、疲れているからだわ」

と、呟きながら随いてきた。

T駅へ行く郊外電車の中で、不意にまた僕の心は戸惑いはじめた。幾つかの考えが頭の中に並んで、その間を戸惑っているのではなく、ただ矢鱈に混乱して動揺するのである。

「ここで、ちょっと降りよう」

我慢できなくなって、僕は娘を誘って途中駅で下車した。

駅のある土地は小高くなっていて、風景が見渡せた。遠くに雑木林が見え、その木立の間に、灰色の迷彩を施した陰気な建物が、蹲るように覗いていた。

その駅は、僕が初めて降りた駅だった。僕の気持は戸惑いながら、脚は自ずから人気のない方角に動いて行った。

道の両側からは、しだいに人家が消えていった。僕たちは、雑木林の中の道に踏み込んだ。林の中の道は、途中で急角度に曲って続いていた。

その角を曲った瞬間、僕はギクリとした。二十メートルほど向う、道の両側に兵士がぎっしり並んで坐っているのだ。一側に三十人ずつ、計六十人もいようか、その全部の顔が僕たちの方を向いている。作業か演習の休憩時間なのであろう、汗の臭いが林の中に漂っていた。

僕は、たじろいだ。傍の娘の官能的な風姿を、あらためて強く意識した。僕は立止らずに歩きつづけた。六十人の兵士の間を、娘と二人で通り抜けようと思った。僕たちに向けられた百数十の眼玉は、みな強く光っていた。いろいろの色に光っていた。

兵士の群れまでの距離は、十メートルにせばまった。林の中は、静寂そのものだ。僕たちの土を踏む足音だけが響いた。気軽なヒヤカシの言葉が口から出てくる人間の、眼の色ではなかった。僕は、兵士たちの情欲が白い霧になって雑木林の中の道に立塞(たちふさ)がるのを見た。

ついに僕は歩を止めた。軀の向きを変えた。そして、今まで歩いてきた道を引返しはじめた。はっきりした音にならないざわめきが、僕の背後に立昇ったようだった。もしも一人の兵士が行動を起したならば、収拾の付かない事態が惹き起りそうな雰囲気が漂っていた。僕たちは、今までと同じ歩調で遠隔(へだた)って行った。歩調を崩して急ぎ足になると、飛びかかってくる犬の群れが背後に控えているかのように。

暫くは口を開かずに歩いた。娘の緊張も、僕の方へはっきりと伝わってきていた。林を出て、かなりの距離を歩いたとき、はじめて僕が乾いた唇から声を発した。

「川が流れている。川の方へ降りてみよう」

川へ向う斜面は、丈高く草が生えていた。草を分け僕たちは降って行った。

「こんな話があるんだ。ロシヤの小説だったかな。一人の青年が、恋人と一緒に森の中を散歩しているんだ。森は緑で、鳥が歌い地面には花が咲いている、といった情景さ。突然、人相の悪い男たちが沢山現われた。沢山、そう十人もだ。青年は、たちまち殴り倒されて地面の上に横たわってしまう。人相の悪い十人の男たちは、恋人を捉えてかわるがわる犯してしまう。そう、かわるがわる十人がかりで、だ。それが終ると、彼らは姿を消してしまう」

「…………」

「男たちの姿が消えてしまうと、青年は身を起して這うようにして恋人に近づいてゆく。地面に伏している恋人を抱き上げると、その唇に接吻する。すると、二人の歯がカチカチと陶器の触れ合うような音で鳴った、というのだ」

「…………」

「それで終りなんだ。二人の歯が触れ合ってカチカチと鳴った、それで終りだ」

「それ、どういうことかしら」

「そう改まって聞かれると、僕も分らなくなる。それが愛情だ、ということかもしれないね」

そう答えると、僕の脳裏に「彼」の姿が浮び上った。まだ見たことのない男である「彼」の顔は、のっぺらぼうだ。その「彼」と雑木林の兵士たちとが、重なってゆく。ぐんぐん重なってゆく。

華麗な夕暮

昭和二十年八月十一日、土曜日の出来事から、物語をはじめることにしよう。

八月になってからずっと、僕はめずらしく休まずに本郷の大学に通っていた。夏期休暇は廃止されていた。正確にいえば、僕が勤労動員されている大学図書館へ通っていた。大学で顔を合わせる友人のうちにいわゆる消息通が一人いて、その男が、このところ種々重大な情報を齎(もたら)したから、休むわけにはいかぬのだ。

その男から情報を聞くと、残りの時間は薄暗い館内でカードの整理をしたり書庫の掃除をしたりするのである。昼休みには、弁当箱の中の大豆の水煮を食べて、前庭にある水の出ない噴水の傍の芝生に寝そべる。

盛夏の光の降りそそぐ中で、仰向けに寝ころんで空を眺める。空は底が抜けたような青さで、あるときは、その空の奥の方から白い小さな紙片が一斉に舞い下りてきた。アメリカの飛行機が撒(ま)いた降伏勧告のビラである。またあるときは、その空の一部分がキラキラ光る金属片でびっしり覆われてしまった。アメリカの爆撃機の大編隊なのだ。寝そべった形を変えようとせずに、いつも僕は広い空の一角で繰り拡げられている光景を眺めていた。

消息通の情報は、このところ多彩であった。戦争が終るかもしれぬ、というのだ。ポツダム宣言を受け容れるかどうかについての宮中の御前会議のとき、誰と誰とが賛成し誰と誰とが反対して、賛否相半ばしている、などというのである。そして、八月十一日には、彼はこう囁いた。

「俺は、今夜から汽車に乗って東京を離れるよ。無理して切符を手に入れたんだ。君もいのちが惜しいなら、そうした方がいいぜ。明日一日だけ逃げていればいいんだ」

「一体どういうわけなんだ。いずれにせよ、今から切符を手に入れることは出来ない相談だがね」

「アメリカが十二日に東京に原子爆弾を落す、といっているそうだ。そういう予告があったのだそうだ。ポツダム宣言への回答が遅れているので、はっきり決心させるためにもう一度原子爆弾を使うのだそうだよ」

「しかし、東京へ落したら、回答する役目の人間が死んじまって、どうにもならないじゃないか」

「そんな心配は無用だよ。エライ奴らはみんな素敵な防空壕を持っているさ。地下何階エレベーター付なんてやつをね。心配する必要のあるのは、俺たちなんだ」

その情報は、僕を甚だしく悩ませた。これまでも、アメリカの予告どおりに、大小の都市が次々と廃墟になってきていることを僕は知っていた。だから、明十二日にも予告どおりのことが起る可能性は十分にあるのだ。戦争が終る気配が濃くなってきているときに、死んでしまうのはいかにもモッタイ無いではないか。そして、死から免れるためには、東京から離れさえすればよいのである。なるほど、汽車の切符を手に入れるには、駅の窓口で一昼夜待たなくてはならぬから、今からでは間に合わぬが、他に方法がないわけではない。

例えば、発売に制限のない省線電車の切符を買って、精一杯西へ、つまり浅川駅まで行く。そこから西へ西へと歩きつづけるという方法。あるいは、こういう方法もある。新宿駅では、汽車と電車のプラットホームが並んでいる。電車の切符で駅の構内へ入り、長野方面行の汽車へ潜りこむ。検札の車掌に発見される頃には、すでに汽車は安全圏を走っていることになる。

しかし、その方法を実行するために障害となる事柄がある。僕一人だけ東京を離れた場合、気がかりになる人間がいるのだ。家族ではない。二十年の晩春、空襲のために家屋が焼失して以来、家族はK市の奥の田舎に疎開している。それは、一人の若い女なのだ。その女を、僕は愛しているとは思っていない。煩わしいとさえ考えている。それなのに、僕たちは殆ど毎日のように会っていた。会えば必ず、無理矢理にでも軀を求めてしまう。僕にとって初めての女体が、未知の翳(かげ)をとどめぬようになることに、僕は心せいていた。明日という時間の中で、自分が生きて動いているということを、僕は全く信用しない毎日を繰返していたので、女体にたいする僕の態度は貪欲であった。従って、女と僕の関係は、僕の考えていた愛とは程遠いものだ。それなのに、この際、僕は女を東京に置き去りにして自分一人だけ逃げ出してしまう気持になれない。普段、空想の中では、こういう場合には、僕は眉(まゆ)一つ動かさずに、自分の定めたとおりに行動できる筈だったが。僕を躊躇(ちゅうちょ)させているのは、後ろめたい気分だ、と僕は思った。気の弱さだとおもった。愛してもいない女のために、みすみす生き延びる機会を失うのか、と僕は悔んだ。

それならば、その女を連れて東京を離れればよいわけだ。ところが、僕はその父親や家族から不愉快な仕打ちを受けているので、二度と女の家を訪れることは自尊心が許さない。電話はないし、書信では間に合わない。一方、不愉快とか自尊心とかに捉われている場合じゃないんだぞ、と囁く声も聞えてくる。

いろいろに思い悩みながらも、僕の軀は次々と何回も電車を乗換えて、郊外にある下宿の部屋へ向っていた。

郊外の駅で電車を降りて、下宿へ通じるドブ川沿いの細い道を歩きながら、僕はまだ迷っていた。今からでも引返して、東京を離れる方法の一つを強行したらどうか。女を置き去りにして、自分だけでも逃げ出せばいいじゃないか。いや、それこそ、しなくてはならぬことだ。その後で原子爆弾が投下されれば、厄介なことはすべて片付くじゃないか。

夕焼の時刻で、視界いっぱいの空では、幾つものさまざまな形の雲がそれぞれ異なった色調に染まっていた。真赤な色で地平のところに蟠っている雲、鱗形に重なり合いながら拡がっている橙色の雲、紫がかった赤でたなびいている雲、白い色を残している雲、そして、ところどころに小さく空の青さが覗いている。その一つ一つの色調が、一つ一つ違った音階の音を響かせていて、無数の音が微妙に混り合い巨大な響きとなって空から僕の上に被さってくる。焔を発している空の前に、僕は幾度も歩みを止めた。踵を返そうかどうか、思案した。しかし、立止る度毎に、重い疲労を全身に感じはじめた。大きなエネルギーを必要とする行動を選ぶことを億劫におもう気持が忍び込んでくる。立止り立止り、僕は下宿へ近づいてゆく。路が大きく曲ると、左側の斜面に大きな一本松が聳えているのが眼に入った。すると、もういけない。先刻から薄々感じていた便意が、烈しい勢いで僕を襲ってきた。家を焼かれて以来、僕は大豆やアカザという雑草を摘んだものばかり食べているので、栄養失調による慢性下痢に取りつかれてしまっていた。大学からかなりの時間電車に揺られた後では、下宿までの路の途中で辛抱が切れかかってくる。一本松のあるところは空地になっていて、壊れた塀がめぐらしてある。雑草が丈高く茂って、無恰好な石が積み上げてあったりする。

辛抱しきれなくなった僕が、一度、塀の壊れた隙間からその空地に潜り込み一本松の根元で用便を済ませて以来、その一本松が眼に映ると、さほどでもなかった場合にも便意を烈しく覚えるようになってしまった。条件反射の一例である。

その日も、僕は頬の筋肉を緊張させながらその空地へ潜りこみ、一本松の根元にうずくまった。壊れた塀で、人目からは遮断されているのだが、自分自身の不恰好な姿勢が僕の網膜に浮び上って屈辱感に耐えがたくなってくるのだ。

その松の幹には、鋸(のこぎり)の痕(あと)がかなり深く喰い込んで付いている。それは、僕が付けた痕だ。過日、下宿の部屋で水で薄めたアルコールを沢山呑み、酔っぱらった僕は、部屋の窓から望見される松が眼ざわりで仕方がなくなってしまった。その松が僕の不恰好な姿勢を思い出させ、自尊心を甚だしく傷つけるのである。僕は鋸を片手に、下宿を飛び出した。あの一本松を切り倒してやろう、と考えたのだ。しかし、鋸は小さく、松の幹は太い。それでも執拗(しつよう)に僕は作業をつづけたが、不意に一瞬の間にその熱意が消え、虚脱した気持だけが残ってしまった。

八月十一日の夕焼空の下で松の根元にうずくまった僕の眼に、幹の傷痕が映ると、莫大な量の労力を払って東京を離れようという気持はすっかり拭い去られてしまった。どうなったっていいや、という気分になった。それに、防空壕に入っていれば、助からないとも限らないではないか。一層、疲労感が僕をつつみこんだ。はやく下宿の部屋へ戻り着いて、畳の上に寝そべりたい。そんな気持だけが、僕の中に残っていた。

寝そべったまま、本を読んだり仮睡したりしているうちに、午後八時ごろ警戒警報のサイレンが鳴り、間もなく解除になった。

十時ごろ再び警戒警報が鳴り、今度は直ぐに空襲警報になった。ラジオを点けて情報を聞いてみると、一機ずつの幾つかの目標が近づいてきているという。しかし、東京の上空に入ってくる飛行機はない模様だ。身支度を整えることもしないで、僕は寝そべっていた。このごろでは、切羽詰った状況にならないうちは、防空壕に入らないのだ。空襲という刺戟に馴れてしまって、頭の上に爆弾が落ちかかってきて、はじめて狼狽するのである。

かなりの時間が経ったようにおもえた。敵機は東京の周辺をあちこち飛びまわって、やがて南の方へ姿を消した。空襲警報が解除になった。つづいて警戒警報も解除になることだろう、と僕はラジオを消して眠りに入る心構えになった。その瞬間に、空襲警報のサイレンが再び断続して響き渡ったのだ。

暗い中を手探りしてもう一度ラジオのスイッチを捻った。爆撃機が一機、海の方から近づいてくる、という。僕はいぶかしい気分になった。このごろでは、一機の敵機のために空襲警報が鳴らされることはなくなっていたからだ。僕の疑問に覆いかぶさってくるように、つづいてアナウンサーの声が繰返して告げた。

「コノ一機ニハ特ニ厳重ナ注意ヲ要ス」

その声は、昂奮を押し殺し兼ねて、上ずっているように聞えた。僕の心の底で、ふっと頭をもたげかかったものがあった。ラジオの微かな明りに、腕時計を透かして時刻を読もうとした。時計は、零時十五分を指していた。

愕然（がくぜん）として、僕は跳ね起きた。いまは、すでに八月十二日になっているではないか。原子爆弾が落されるかもしれぬ日になっているではないか。消息通の話を、僕は完全には信じていなかった。しかし、この警報の発令の仕方も、アナウンサーの警告も、近づいてくる一機の爆撃機が原子爆弾を積んでいるという考えの上に立ってのものであることは確かとおもえるのだ。死ぬことに関しては、僕は諦（あきら）めているつもりだった。諦めぬわけにはいかぬ情勢だった。しかし、生から死への境目を越える瞬間のことを考えると、僕は奇妙な怯えを感じるのだ。

音を精一杯大きくしたラジオを縁側へ持ち出して、僕は庭に作られてある防空壕へ潜りこんだ。原子爆弾に持ちこたえることができるとは到底考えられぬ、粗末な壕である。それなのに、壕の中で自分が生き残ることも予想した。そして、壕に入っていない、下宿の女主人とその息子の小学生が死んでしまうことを予想した。

未亡人である女主人とは、僕は仲が悪かった。小学生は、母親に味方していた。しかし、ひょっとして生き残った僕が、二つの死体の後始末をしなくてはならぬことを考えると、いかにも億劫な気分だった。僕は大きな声で、家の中へ呼びかけた。

「はやく、壕へお入りなさい」

暗い家の中から、甲高い声が返ってきた。

「たった一機じゃないのよ」

「ともかく、はやく入りなさい」

「弱虫なんだなあ」

と小学生が母親に媚びている調子で叫んだ。

「原子爆弾が落ちてくるんだぞ。死んじまうぞ」

と、僕は声を励まして叫んだ。

「なんだか変ねえ、いったい、どうしたと言うのよ」

未亡人は、子供の手を引いて壕へ入ってきた。僕は早口に事情を話した。恐怖がしだいに未亡人たちの中に、実感として這入りこんでゆく様子だった。

あの女は、いまごろ壕の中に入っているだろうか、と僕はチラと考えた。しかし、それ以上、その女のことに関して気持を向ける余裕はできない。

壕の入口からときどき頭だけ突き出して、僕は縁側のラジオの情報を聞き取ろうとした。ラジオの声は、その一機だけの飛行機が遂にこの都会の上空に達したことを告げた。そして、この一機には特別に注意せよ、ということを繰返し叫ぶのだ。

真暗な壕の中にうずくまって、僕は全身の神経を緊張させていた。湿った土の匂いが一瞬なまなましく鼻腔を掠め、消えた。僕の神経は、外と内と両側に向けてその触手を開いていた。上空で原子爆弾が炸裂したならば、次の瞬間、僕は生と死との境目を跨ぐことになるかもしれない。その未知の境目を、僕は暗黒の中で見詰めていた。

その境目は白茶けた色合いで、曖昧な形に拡がっていた。外側からの異変を僕が感じ取るか取らぬうちに、放り出された僕の軀はその境目の上を越えてしまう筈だ。その極く僅かの時間を見逃すまいとして、僕は凝視していた。内も外も、あらゆる方角を。

壕の入口を閉ざしたので、ラジオの声は届いてこない。暗黒の中で、長い時間がのろのろと過ぎて行った。

空襲警報解除のサイレンが響きわたったとき、僕はちょっと戸惑った。のろのろと流れた時間が行き着くところが此処であることを、僕は予想していたろうか。僕が待っていたのは、このサイレンだったのだろうか。

しかし、すぐに安堵の気持がみるみる拡がって行った。未亡人のいつになく柔らかい声が、僕の耳に届いた。

「あたし、見直したわ。あたしのこと、あんなに心配してくれるなんて、思っていなかったわ。あんなに一生懸命な声を出すなんて」

僕はくすぐったい気持だった。あなたたち二人の死体の後始末をするのが厭だったからなんだ、という替りに、僕は返事した。

「十二日は、いま始まったばかりだからなあ、あとの二十何時間が気懸りなわけだ」

未亡人が柔らかい声を出し、僕が後ろめたい気分になったのは、このときだけであった。壕から出て、腕時計を調べると、零時四十五分だった。味方の飛行機が飛び交う音が、いつになくいつまでも聞えつづけたが、十二日として残された二十三時間は、一度も警報のサイレンが鳴らずに過ぎて行ってしまった。

そして、十二日が無事に終った翌朝、未亡人は棘を隠した口調で、僕に向ってこう言ったのである。

「あんたのおかげで、余計な恐いおもいをしてしまったわ。どこで聞いてきたのか知らないけど、何にもありはしなかったじゃないの。あんな話、聞かせてもらわなかったら、どうということはなかったのに」

もっとも、未亡人が意地悪な顔を見せるのには理由があった。十二日の午前にあの女が僕の部屋へ来て、僕たちは夜まで軀を寄せ合って過した。暑い夏なのに、障子を閉め切った時間もあった。明るい陽を受けている障子の白さを、未亡人は睨みつけたこともあったのだろう。夜遅く女が帰って行くと、未亡人は僕に声をかけた。

「あんたたち、よく倦きないで部屋に閉じ籠っているわねえ。いったい、何をしているの」

僕は心の中で呟いた。倦きるどころではない。倦きていないのが、悲しいくらいだ。倦きていれば、もっと気楽なのだ。生命が強い輝きを放って燃えている二十歳という年齢が、今日で終りになった場合、古典を読み残したことを僕は悔いはしないが、女体を読み残したことについては烈しく後悔するに違いない。だから、僕に必要だったのは、女の心ではなく女体だった。そして、その女の紡錘形の軀は、申し分のない白さと弾力と曲線を持っていた。明るい光の溢(あふ)れている中で、女を抱くことを僕は好んだ。二十歳という年齢にふさわしい昂奮に巻き込まれながらも、僕はその渦の真中で確かめようとするように見落すまいとするように眼を大きく見開いて、女をそして自分を見詰めていた。

その僕の眼に映ってくるさまざまの形がある。それは、覗き込んだ深い青い水の底で絶え間なく扇のように動いている魚の鰭(ひれ)のようだったり、水面に近づいて燦(きら)めく魚鱗のようだったり、その形は多種多様なのだが、揺れ動いている形象の奥の底の方に、いつも小さな白い掌に似た形が貼りついているのが見えるのだ。それが何か、僕には分らない。ただ、深い谷底に佇(たたず)んで天を見上げたとき数千丈の断崖に劃(くぎ)られて見えている小さな空のように、しばしば思えてくるのだ。その白い色の、何と冴えぬことか。

十四日の夜、翌日の正午に重大発表がある、というニュースがあった。その発表を学生は講堂に集合して聞くように、という通告が大学当局から出された。おそらく、ポツダム宣言を受け容れるという発表であろう、と僕は想像した。しかし、軍部が本土決戦一億玉砕というスローガンの方向へ押し切ってしまったかもしれぬ、と一抹の不安が残った。

その不安を煽り立てるように、十四日の夜から敵機の来襲が頻りに繰返された。十一時頃、警戒警報が出て、零時半に空襲警報が鳴った。その警報が解除になったのが午前三時だった。それから直ぐ眠りに入った僕は、ものの爆ぜる音で眠りから引戻された。眼を開くと、硝子窓に真赤な火の色が映っている。その音は、十分に聞き覚えのある音だ。家屋の燃えている音である。硝子窓を開くと、道路を挟んで向う側の西洋館から焔が噴き出ているのだ。焔で電線が焼き切れて停電になる場合に備えて、僕はローソクとマッチを机の上に置き、身のまわりのものをまとめた。そして、また荷物を提げてうろうろしなくてはならぬのか、と重い気分になった。

しかし、何故その西洋館が燃えているのか、僕には一向に納得できぬ気分だった。いまは警報は解除になっている筈ではないか。大きな声で、未亡人に聞いてみた。

「焼夷弾ですか。いまは、空襲警報は出ていないんでしょう」

未亡人のヒステリックな声が、弾ね返ってきた。

「なにを呆んやりしたことを言っているのよ。火事なのよ。こんなときに火事を出すなんて、まったく迷惑だわ。だいたいあの家の女は、だらしないんだから。燃え移ってきたら、あたし、どうしよう」

僕は戸外へ出て、家屋の側面や屋根をバケツの水で濡らした。飛んでくる火の粉が燃えつくのを、防ぐためである。しかし、さいわい風の向きは逆方向で、火の粉が赤と黒の粗い織物地のようにはためきながら流れてゆく側には、かなり広い空地があった。僕は空のバケツを提げたまま道路にたたずんで、その光景を眺めていた。

やがて、棟木が重い音をたてて崩れ落ち、白い輝きを放った火の粉が舞い上ったが、それを境にして火の勢いはしだいに衰えはじめた。

その頃になって、ようやく消防自動車が一台到着した。町内のポンプ式手押車が、コンクリート道に轍の音を高くひびかせて、駆けつけた。

類焼のおそれが無くなったので、僕は部屋へ戻って横になった。戸外の騒音はなかなか鎮まらぬ気配だったが、しだいに眠りに陥ち込んで行った。

眼を開くと、朝だった。洗面をしていると、未亡人が声をかけた。

「ずいぶん、よく眠ってたのねえ。あれから、一度空襲のサイレンが鳴ったのよ。それよりもね、火事で焼けた隣の家でね、あのだらしない女が焼け死んじまったのよ。ほかの家族はみんなかすり傷もしなかったのにねえ」

「どうして、そんなことになったのかな」

「どうしてかねえ、とにかく、焼跡から黒焦げの死体が一つ出てきて、それがあの女だったというわけなのよ。いつも派手な恰好をして歩きまわっていてね、とても逃げ遅れそうな女じゃなかったけどね」

未亡人の口調からは、悪意が感じられた。未亡人の言葉によれば、その女はだらしない女ということだが、それはどういう意味か僕には知る方法がない。未亡人とは、僕は世間話などしたことはなかったし、近所づきあいも全くなかったので、噂が耳に入ってくる経路がなかったのだ。

焼死した女は、二十七、八歳にみえる年齢で華やかな顔立ちの女であったが、未亡人の言葉のように歩きまわっているという印象とは反対のものが、僕の脳裏に残っている……。

そのときは、僕は部屋に来た女を駅まで送って行こうとしていた。隣家の道路に面した部屋の窓が開いていて、室内が眼に映った。

装飾のない室内に、女が一人、椅子に腰掛けている。大きく脚を組んで、横顔を見せている。

躯のどの部分も、少しも動かない。駅で女と別れて、書店をのぞいたりしながらゆっくり歩いて戻ると、かなりの時間が経っていた。一時間近く経っていたことだろう。何気なく、もう一度隣家の窓を見ると、先刻と寸分違わぬ脚を組んだ姿勢で、女は横顔を見せて椅子に腰掛けていた。そのとき、はっきりした理由は分らず僕はヒヤリとしたものを感じたのを覚えている。

その日以後、女と躯を寄せ合って長い時間部屋の中に閉じ籠っているとき、僕はふと隣家の女のことを思い出した。脚を大きく組んだ姿勢を崩さずに、長い時間椅子に腰掛けている女のことを。

隣家の火事の原因は、結局分らぬままになってしまうだろう。一度の空襲で何千万の家屋が焼失してゆくときに、たった一軒の家の火事の原因など、警察では深く調べようとはすまい。

正午までに大学の講堂へ着くように、僕は部屋を出た。その朝のニュースは、正午の重大発表が直接天皇によって行われることを、告げた。

正門をくぐると、銀杏(いちょう)並木の突き当りの講堂へ、黒い服の学生たちがつぎつぎに吸い込まれて行くのが見えた。講堂へ入るのは、僕はこの日が初めてである。入学式が此処で行われたときにも、僕は行かなかった。おそらく長々と続くであろう紋切型の訓辞のことを考えると、煩わしい気分になってしまったからだ。

広い内部は、一階二階とも学生たちで一ぱいになっていた。間もなく正十二時になると、拡声器から天皇の声が聞えてくるわけなのだ。ここにいる学生たちは、すべて生れて初めてその声を聞くわけなのだ。天皇の風貌は写真によってばかりでなく、車中の姿を遠望する機会を与えられることがあった。しかし、その声は空白のままである。それは、僕の脳裏では天皇の声の空白を、一つの音が埋めるのだ。その音は、中高校生生活を通じて、訓話などの折、必ず聞えてくるものである。訓話の中に「天皇陛下」という言葉が現われると、間髪を容れず講堂の中はザーッという嗄れた音で一杯になる。それは、その言葉に恐懼(きょうく)した表現として全員が姿勢を正さなくてはならぬときに、靴底が床に擦れる音なのだ。その音は、僕の耳に無気味な腹立たしい理不尽な音として届くのだ。

正午になって、拡声器から流れ出してきた初めて聞く天皇の声、聞き取りにくいくぐもったその声は、戦争が終ったことを告げていた。溢れるほどの嬉しさが、僕を捉えた。最初に考えたことは、これからは、翌日も自分は生きているという予想のもとに行動することができる、ということだった。

そのとき、異様な物音が講堂のあちこちから響いてきた。一瞬、それが何の音か僕は戸惑った。しかし、それは直ぐに分った。新しい時代が始まった気持に捉えられていたので、僕は度忘れしていたのだ。それは、啜(すす)り泣きの声なのだ。天皇の声は、戦争に敗けたということをも告げていたのである。

敵という観念は、僕には甚だ稀薄だった。銀座の鋪装路に米英両国の国旗のかたちをペンキで大きく描いて、その上を踏みつけて通ることによって、憎しみと闘争心を掻き立てているという事柄を聞いたり、埠頭で労役に使われているアメリカの捕虜を眺めた女性が、おもわず「可哀そうに」と呟いたため、憲兵隊に連行されたという新聞記事を読んだり、その他それに類する殆ど数え切れぬほど多くの事柄を見聞するたびに、僕はますますツムジ曲りの気持になった。その度ごとに、一層敵という観念は稀薄になって行き、むしろ敵は軍人や軍国主義者のやり方に思えていた。従って、戦争が終ったということは、僕が抜き難い反感を持っていた相手の敗北という気持になっていたのである。

僕の直ぐ傍でも、啜り泣きの音が聞えていた。首をまわして眺めると、肩幅の広い顎骨の張った学生が、泣いているのだ。その学生の表情から鬱陶しい気分になった。何故なら、この表情がそのまま裏返しになれば、そこには居丈高な態度で空疎な言葉を声高に喋っている表情が現われてきたに違いないのだから。そして、その種の学生によって、どれほど僕は暗い不愉快な苛立たしい気分に突き落されたことか。

その種の学生を、滑稽な愚劣な奴だと僕は考えていた。気の毒な奴だ、という考え方をする余裕は、その学生たちからむしろ肉体的と言ってよい被害を受けている僕にはなかった。それに、気の毒な点は、お互いに同様なのである。

講堂のあちこちから聞えてくる啜り泣きの音は、その種の学生の所在を示している。しかし、今となってはそれらの男を、いい気味だとおもう気持も起ってこない。それよりも、昨日まで居丈高になってわめいていた男たちが、今たちまち肩を落して泣いている姿を見ると、僕は鬱陶しい気分になってしまうのだ。

講堂を出て、僕は大学図書館の前の芝生に仰向けに寝そべった。一時間ほど、僕はこれから来るかもしれぬ新しい混乱について考えていた。停戦を肯んじない一部軍人の暴挙について。占領軍が上陸してくることに伴う混乱について。しかし、そういう暗い考えにも関わらず、大きな解放感が僕の心を弾ませているのだった。その解放感のうちで、最も大きなものは、やはり死から解放された気持だった。死ぬことについて諦めと覚悟はついているつもりだったが、二十歳の肉体の中では十分には死を飼い馴らすことが出来ていなかったことを、僕はそのとき知った。

僕は寝そべりつづけた。そのうち、慢性の下痢は、またも徴候をあらわしはじめた。文学部のアーケイドの横の便所へ入るや、はやくも、その壁に落首が一つ書き付けてあった。

藁屋根にあんれまあれま火が付きて火事だ火事だと騒ぎけるかも。

その夜、僕の部屋を訪れた女は、急ぎ足で歩いてきたとみえて、息を切らしていた。部屋へ入ると、立ったまま早口で言った。

「アメリカ軍がやってくると、何をするか分らないのだって。だからね、K市の奥の田舎（そこへは僕の家族が疎開していた）へ連れて行って貰えって、お父さんが言うのよ」

「俺に連れて行って貰えって、君のおやじが言ったのか」

「そうなの、お父さんは、あなたなら信用できるのですって」

僕は腹立たしい気持になった。女の家では、娘と僕との交際を認めていなかった。僕としては、それはどうでもよいことで、むしろ女の家族の顔など知らない方が好都合だった。しかし、女の方では僕を家族に会わせたがって、ある夜、無理矢理僕を女の家へ連れて行った。

僕との交際を認めないということは、僕が結婚の相手として不適格という意味なのだ。大学へ入ったばかりの、財産のない青年が不適格なのは、その女の家の気風としては当然とおもえた。それに、僕は結婚する気持を毛頭持っていないつもりなのだから、これ以上不適格なことはないわけだ。もっとも、娘の家では、その点には思い及ばない。娘と交際しているからには当然結婚したがっているにちがいない、と思い定めている。

そういう不適格な男が娘と交際していて、もしも大切な商品に傷でも付いたら困る、と考えている。娘と僕との間で、すでに肉体関係ができているということは考えようとしないし、まして僕より前に娘が妻子のある男と恋愛に陥っていたということには、思いも及ばぬのである。

……女の家へ行った夜、そういうことを僕はあらためて確認した。

従って、僕と女の一家の意見は忽ち喰い違いはじめ、お互いに腹を立てはじめた。しかし、それぞれ別の平面に立ってものを言っているので、議論の歯車は一向に喰い合おうとはしない。「そんなことを言ったって、あなたの娘さんは、とっくの昔にキズ物になってるんですよ」という風の言葉を僕が口から出せば、その歯車は直ぐに嚙み合いはじめることは分っている。しかし、僕はそういう平面にまで降りて行った場所で考えを組立てようとは思わない。

結局、僕は追い立てられるように女の家を出た。玄関の灯はすぐ消されてしまい、真暗な門の前の泥濘に、僕の脚は深く落ちこんだ。夜は更けて、終電車はすでに出てしまっていた。靴底の破れから泥水が這入りこんで、歩く度に湿った音を立てた。靴下はびしょびしょに濡れてきた。重くなった靴を引きずりながら、僕は考えていた。

何のために、わざわざ女の家へ行ったのだろう。いくら女が望んだにせよ、心を定めて拒絶していれば、こういうことにはならなかったわけだ。

女と最初に会ったときの情景が、僕の脳裏で甦った。

……その夜、空襲で僕の家が焼失する以前のことであるが、僕は近所の女友達の部屋にいた。その女友達はなかなかの美人といわれていたし、その部屋で二人きりになる機会もしばしばあったが、友人以外の気持には少しも襲われないのだ。そこへ、偶然、女が訪れてきた。その部屋で、初対面の僕にたいする遠慮もみせずに、女は自分の恋愛についての相談を友人にはじめた。その女は妻子のある男との恋愛で、いろいろ複雑な状況にまきこまれている様子だった。

僕の脳裏に甦った女の像は、蓮葉な表情で笑っていた。

そのときの、女の恋の相手はどこへ行ってしまったのだろう。女の心の中のどこへ紛れ込んでしまったのだろう。会う度毎に、女の蓮葉な様子は薄れてゆき、次第に普通の女になって行くのだ。

女はその恋愛に疲れていたのだろうか。今度は、僕を結婚という地点にまで引きずり込んで、平常な妻の位置に身を置くことを望んでいるのだろうか。

そこに、僕は女の計算を読み取って反撥しながらも、次第に引きずられて行っているのだろうか。僕の必要なのは女の軀だけだ、と考えながらも、次第に引きずられて行っているのだろうか。この夜女の家を訪問したことは、それを裏書きすることになるのだろうか……。

八月十五日の夜も、気がついたときには、僕は次第に女に引きずられはじめていた。

「俺なら信用できるとは、どういう意味かな。天地無用、無疵(むきず)で安全な場所へ商品を移動させようなんて、まだ呑気(のんき)なことを考えているのなら、はやく俺とのことをはっきり知らせておけ、と言ったじゃないか」

「だって」

女の穏健さが、僕には苛立たしかった。僕は悪意をこめて言ってみた。

「それとも、アメリカ兵にヤラレるよりは、日本人にやられた方がまだましだというわけか」

女は沈黙したままだ。ところが、その言葉は自分自身に弾ね返ってきてしまった。僕は、落着かぬ気分になった。マニラや南京占領のときの残虐な話が、さまざまな形をとって僕の網膜に映し出された。その形の上に、傍にいる女のしなやかな紡錘形の軀が重なりはじめた。その瞬間、僕は女を連れて、K市の奥まで旅行する決心を定めたのである。

十六日の午前、女は僕を迎えにきた。

女の家へ向う電車の中で、

「一つだけ、荷物を持って頂戴ね」

と、遠慮がちな声で女は言った。荷物を持つのが嫌いな僕に、気兼ねしているのである。

しかし、女の家の陽の当っている縁側に、その荷物は小型のドラム罐ほどもある大きさと形で、直立していた。リュックサックに詰めこめるだけ中身を詰めたものなので、円筒形になったのであろう。それにしても、リュックサック本来の形に比べると随分背が高く、それに物入れや金具などの付いていない手製のものなので、つるりとした感じだった。

背負わなくてはならぬ荷物があまりに巨大なので、赫っと怒りがこみ上げてきた。つづいて、僕は白けた気持になった。

女は、普通の形のリュックサックを背負って庭に立っていたが、その袋はペシャンコで亀甲形にその背にくっついていた。

僕は取るべき態度について、一斉に浮び上った幾つかのものの選択に一瞬戸惑っていると、女の父親の声が聞えた。

「それでは、この子をよろしく頼みますぞ。さあ、背負ってください」

父親はそう言うと、縁側から膨大な荷物を持ち上げ、女の母親も横から手を添えて、僕の背中に押しつけようとした。

身を捩って僕はその荷物を避け、元の場所へ置いてくれ、と頼んだ。僕は孤りで荷物に背を向け、中腰になって背負おうとした。円筒形になっているリュックサックは背中に密着せず、重心がうしろに懸って、僕はすこしよろめいた。円筒形の上辺は、学生帽を冠った僕の頭より高く突き出していた。背負い紐が肩に強く喰い込んで、背中全体に重たくかぶさってくる力があった。

リュックサックの中身は、女の父親が力まかせに圧し込んだに違いない。甘い父親である彼は、娘が僕に奪われようとしている気持でいるに違いない。彼の手によって狭窄衣を着せられたような重たさを全身に感じながら、僕は軽いリュックサックを背負った女と一緒に駅の方角へ歩きはじめた。

流石に、八月十六日には旅行者は寡なかった。僕たちは、難なく車内に空席を見付けることができた。交通地獄の名にふさわしい混雑は、八月十五日につづく僅かの日数の間だけ拭い消されていたのだ。映写機のフィルムの回転が一瞬間停止したように、敗戦を知らされた瞬間に多くの人々の動作はそのまま停止して、再び動きはじめるまで少々の時間を必要としたらしかった。

座席が見付かったので、僕は吻っとして背中の荷物を下ろした。そして、そのリュックサックの大きさに、あらためてうんざりした。

「何故、こんなことになってしまったのだろう」

と、僕はそんな言葉を心に浮べていると、耳のそばで女の声が聞えた。

「一緒に旅行するの、はじめてね。こんな日に新婚旅行をしているの、わたしたちくらいのものじゃないかしら」

「冗談言っちゃいけないぜ。結婚なんかするものか」

噛んで吐き捨てる口調で、僕は言った。しかし、「何故、自分のものでもない大きな荷物を苦しみながら運んでいるのか」という言葉が、たちまち心に浮んでくるのだ。

いったい、何故、僕はこの女と汽車の中にすわっているのだろう。僕は、確かめる眼で、あらためて自分たちの姿や周囲を眺めまわすのだ。

僕の眼の前には、地味な色合いのモンペを着た女がいる。しかし、その不恰好な衣裳から溢れ出ている成熟した女の気配がある。その気配が僕には疎ましい。その気配を、他人の目から隠して置きたい。というのは、学生服の下の僕の骨格が、どことなく未成熟の点を残していることを知っているからだ。

女に対して僕が高圧的な態度を取るのは、一つにはそのヒケ目を埋めようと無意識のうちに考えているのかもしれない。そのことがふっと意識に上ってくると、僕は一層うっとうしい気持になってしまう。

汽車がK市に着いたときには、あたりは暗くなっていた。目的の場所の方角へ行くバスは、まだ夜になったばかりという時刻なのに既に終車が出てしまっていた。

目的地までは、四里ばかりの道程である。膨大な荷物を背負って、道を訊ね訊ね歩いて行く気力はない。駅の近所に宿を探そうと思っても、戦災を受けたK市は、あたり一面瓦礫の街である。

「仕方がない、駅の待合室で朝まで待つことにするか」

駅の構内も、焼夷弾を浴びた痕が歴然としていた。待合室の木の椅子は焼失し、コンクリートの地面は焼け爛れてデコボコしており、上を見れば屋根は鉄の骨組だけを残してその間から夜空が覗いていた。

女は心細そうに、あたりを見廻していたが、やがて遠慮がちに言った。

「U村に、お友達の家があると言ってたでしょう。そこまで行って、泊めてもらえないかしら」

一里ほど北に、戦災を受けていない温泉地帯のU村がある。そこの大きな温泉宿が、僕の友人の家なのだ。友人は出征しているが、その姉とは顔見知りである。しかし、その家へは僕は行きたくない気分だった。友人の留守中に、学生服の僕が女を連れて泊めてもらいに行くほど、心安い間柄ではなかった。

僕は躊躇した。このまま、焼け崩れたコンクリート地面に腰を下ろして夜を明かす方が、はるかに気楽だと思った。しかし、女は泣き声を出して訴えるのである。

「軀が痛いの。今度だけでもう我儘（わがまま）は言わないから、今夜はそこへ連れて行って」

結局、僕は温泉地帯へ向って、歩き出してしまう。僕が女を連れて行く恰好にはなっているけれど、引きずられて行くのは僕というわけなのだ。

一里の夜道は限りなく遠く、僕は幾度も路上にリュックサックを下ろして呼吸を整えた。路面に置かれた荷物は、まったくドラム罐の形をして、僕を嘲笑しているように見えてしまう。

戦争が終った筈のこの日の午前中に、警戒警報のサイレンが鳴ったりしたが、人々は電燈から黒い覆いを取った模様である。遙か向うの夜景を、黄色い光が密集して彩（いろど）っている。そこが温泉宿の場所である。その光がようやく近づいてきた。

目的の宿の門のところへ、僕は女と荷物を置いて、玄関へ近寄って行った。玄関の横から庭の方へ池が拡がっていて、池の傍の座敷に、さまざまの年齢の男が沢山集まって円座をなしていた。それは、密議を凝らしている姿に、僕の眼に映った。陸軍の一部や軍国主義の人々が、降伏を肯んじないで行動を起すという噂が流れていたのである。

そのまま踵を返して、今来た道を引返したい気持だった。しかし、女と荷物が重たく僕の肩に落ちかかってきて、僕を立止らせた。玄関へ入って、僕は友人の姉を呼んでもらった。彼女の訝しげな顔はすぐに崩れて、明るい声が聞えた。

「あら、めずらしい」

それと対蹠的な僕の声が、唇から出て行った。

「どうかしたのですか」

「どうかしたって」

「そこの座敷で、何か相談をしている人たちがいるでしょう」

「ええ、戦争も終ったんで、村の連中がお酒でも呑もうといって集まっているのよ。それが、どうかしたの」

「いやいや、べつに、どうもしないんだけど」

彼女は、僕の方を不審そうに見ている。その表情を見て、僕の張り詰めていた気持は一挙に崩れて、気抜けした気分になった。空襲を受ける心配の殆どなかったこの村の人々と、僕たちとの間では、戦争から受けた緊迫感の相違が甚だしかったことを、今更のように知ったからである。

招じ入れられた奥まった部屋に寛ぎ、温泉で塵埃（じんあい）を洗い落すと、さっぱりした気分になった。鯉（こい）の弾ねる水音が、時折夜気の中で響いた。女が、不意に言った。

「だって、やっぱり新婚旅行みたいじゃないの」

僕は曖昧にうなずきながら、八月十六日の女との旅行を新婚旅行と考えることによって、長かった戦争に仕返しをしているような皮肉な喜びを覚えた。

しかし、一夜明けると再び僕は重い荷物を背負って歩き出さなくてはならなかった。午後遅くまで僕は宿でぐずぐずしていて、やっと腰を上げた。

仲々やってこないバスを待って一旦駅まで戻り、そこで別のバスに乗り換えるのだが、そのバスもうんざりする程長い時間待たなければ発車しなかった。

バスを降りてから、僕の母が部屋を借りている農家まで、さらに半里ほど歩かなくてはならぬ。

大きな川に架っている木の橋を渡り、段畠が続いている斜面の路を登るころには、夕暮の時刻になった。晴天だった八月十七日の日暮の空は、鮮やかな夕焼だった。斜面の稜線の向うに大きく拡がっている真赤な空へ向って、僕は歩いて行った。立止り立止り、覚束ない足取りで歩いて行った。荷物は重く、黒い土の路はデコボコと歩き難かった。上り坂は、どこまでも果てしなく続くようにおもわれた。時折、今まで歩いてきた路を振向いてみると、そこには二つの淡い影が、長々と並んでいるのだ。

何処から出て来たのか、村の子供たちが四人、何時の間にか僕たちの後になり先になりつき纏(まと)いはじめた。僕は汚れた学生服に破れた兵隊靴という服装だったし、女は地味なモンペ姿なのだが、田舎の人間は都会の人間に極めて敏感なのだ。

「東京から来たんかい」

「大学生なんだろ」

子供たちは、口々に問うてくる。僕が生返事をしていると、やがて一人の子供が囃(はや)し立てる口調で叫び出した。

「大学大学と入ってみたが、今じゃ大学、ビール瓶のカケラ」

一人の子供が繰返し叫んでいるうち、子供たちはその言葉を合唱しはじめた。そして、ぞろぞろと僕たち二人の前や横やうしろにつき纏うのだ。一人の子供は、ビール瓶のカケラという言葉を、カッケラと奇妙なアクセントで絶叫すると、その瞬間に地面から跳ね上って大きく手を振ったり足を蹴り上げたりするのだ。

その姿は、強い夕陽の逆光を浴びて、まっ黒なけもののように跳ね廻っているのである。

僕はといえば、その子供たちを煩わしく不快におもうのだが、子供たちの叫んでいる言葉については、

「まったく、そのとおりだ。うまいことを言うものだ」

と、心の中で合点してしまう。そして躯から力が抜けて行くような疲労感が、次第に烈しくなっては僕はまた斜面に立止ってしまった。

夕日は、焔を吹いて燃えている大きな円盤になって、稜線の彼方に落ちようとしている。すべての雲は一様に真紅の色に染められていたが、それぞれ微妙な色調の差を示して、それぞれの歌を唱っていた。それらの歌は交錯したり共鳴音を発したりして反響し合ったりして、僕の躯を包んでいる大気のすべてに低く鈍くそのくせ巨大な音響が満ち満ちているのを、僕の全身は感じ取っていた。

その響きの中に、鋭く甲高く切り込んでくる子供の声。それは、

「ビール瓶のカケラ」

と繰返しているのだ。

僕は耳を澄ませて、佇んでいた。リュックサックの背負い紐がじりじり肩の肉に喰い込んで

いるのを、こと新しく感じはじめる。

「はやく、行きましょうよ。こんなところで立っているなんて」

傍から、女の声が催促する。

肩に落ちかかってくる重圧のために、僕の内部はしだいに変形されてゆく気持に捉えられはじめてしまう。明らかに、まず僕の自尊心は変形をはじめていた。元の位置から移動しはじめていた。純粋さなどというものも、普通の在り場所を探ってみても、到底見付け出すことはできないだろう。

相変らず、僕は歩き出そうとはせず、さりとて荷物を地面へ下ろすこともせずに佇んでいた。

この女と僕との関係は、いったいこれから先どういうことになるのだろうか、と僕は考える。

僕は心細い眼で、あたりを見廻す。

いったい、どうやって何の手掛りもない世の中から、生きてゆくための糧を奪い取ればよいのだろう。家財が一物も余さず焼失するまで疎開しなかった僕には、ゆっくり勉強する余裕は残されていない。それこそ、大学なぞはビール瓶のカケラに過ぎないのだ。戦争の間は、死ぬことについてばかり考えさせられてきた僕は、今度は生きることを考えなくてはならぬ時間の中に投げ出されてしまったのだ。

僕の内部は次第に変形してゆく。しかし、僕はむしろそれを望んでいる。素朴な形の自尊心なぞ抱いていては、到底これからの時間の中で生き延びて行くことは不可能のようにおもえる。

僕は歪んでゆく内部に頼らなくてはならぬのだ。

「ねえ、はやく歩きましょうよ」

と、再び女の声が催促する。

立止ったまま動こうとしない僕にシビレを切らした子供たちは、

「今じゃ大学、ビール瓶のカッケラ」

と叫びながら、今では四人とも手を振り足を蹴り上げて、真赤な夕焼の中の黒い影絵となり、
僕のまわりをピョンピョン跳ねまわっているのだ。

（お断り）
本書は1977年に旺文社より発刊された文庫を底本としております。
あきらかに間違いと思われるものについては訂正いたしましたが、
基本的には底本にしたがっております。
また、底本にある人種・身分・職業・身体等に関する表現で、
現在からみれば、不当、不適切と思われる箇所がありますが、著者に差別的意図のないこと、
時代背景と作品価値とを鑑み、著者が故人でもあるため、原文のままにしております。

焔の中

2015年5月25日　初版第1刷発行
2023年11月7日　第5刷発行

著者　吉行淳之介
発行人　石川和男
発行所　株式会社　小学館
〒101-8001
東京都千代田区一ツ橋2-3-1
電話　編集　03-3230-9355
販売　03-5281-3555
印刷所　大日本印刷株式会社
製本所　大日本印刷株式会社
装丁　おおうちおさむ(ナノナノグラフィックス)

ISBN978-4-09-352210-6

P+D
BOOKS